Jung Tae
2020 . 3

「面對我心儀的風景，我感覺我確曾在那兒，
　或者，我應當去那兒。
　對我而言，風景應是可居、而非可訪的。」

—— 羅蘭巴特《明室》

還想浪費一次一次的風景

Back to the
scenery
once more

Jessy Tsai.

蔡傑曦 著

悅知文化

甘願再浪費一次

一月的台灣已經有春天的氣息，回來六個多月了，很難想像去年的這時仍在剛開始回暖的加州。

我的家庭背景並不特別優渥，自小其實對在異國生活沒有太多的嚮往。出完第一本書《謝謝你走進我的景深》之後頻繁地感受到生活有些卡關，無論是日常裡價值觀的激盪、或是對於創作的想像。因緣際會之下能夠到美國進修，便決定暫時離開原本的舒適圈，從公館椰林大道搬居到舊金山金門大橋。

身為一個攝影者和書寫的人，帶著既有的稜角去和未知的環境碰撞並沒有想像中的容易，這本書便記錄下這一年多來把遠方過渡成日常，再從遠方嘗試回家的過程。這並不是一本介紹旅遊的攝影書，也並不是所有的書寫和拍攝的影像都發生在加州、在紐約，更多的其實發生在心裡面：透過缺席自己原本的生活，去喚醒其實一直存在心底，但沒有被注意、被想起的感知和悸動。

攝影家中平卓馬曾經說過：「有意義的視覺實踐，應該能夠對抗僵化的社會結構與歷史進程，有意義的文化批評，則應能夠質疑藝術與影像的本質，並不斷復甦個人面對世界時的感性認知。」這一年來不停地反問影像和書寫之於我的意義，透過轉換視角、更換場域來爬梳創作脈絡。這本書誠實地記錄下了這一年多來所經歷的矛盾與困惑，它們都是我曾經用力活過的痕跡，當然，也包括了那些得來不易的愛與溫暖。

明白了變動是恆常的，便不甘心錯過這些吉光片羽，時光不復返，一如我們只能擁有一次乾淨的眼睛；身為一個創作者，最珍貴地便是能夠透過影像和書寫提供一個不在此刻，卻讓人得

以進入的空間，當然也包括我自己，在放下相機和筆之後，我也成為了只是經過故事的人。打散的時間錯綜地散落這本書的四個章節裡，代表了不同階段的我，穿插其中的三個攝影輯，則是根據當時的狀態所完成的不同創作計畫，特別想把它們分隔出來，便是想要讓這些影像不受過多的文字詮釋，讓讀者能夠回到單純地閱讀影像中的訊息與愛意。

照片被看見的剎那，時光便重返，故事被聽見的瞬間，場景裡的躁動便得以安放。創作是個持續探究的過程，我想我必須繼續拍、繼續寫，繼續去打開一扇扇窗、擁抱一個個到來的人，才有機會抵達更遠的地方，找到那個書寫自己的人。

朝著風景快門按下的瞬間，就給予了我們再浪費一次的機會，當我們回過頭凝視一幀幀被記下的畫面，就能再次去擁抱、去闊別，讓年輕的我們回到風景裡，繼續長大；而現實生活中的我們便能帶著時光教會我們的謙卑和溫柔，勇敢地往後來的日子前行。

謝謝我的出版團隊，我的家人朋友，以及每一位曾經駐足的讀者，你們或深或淺地影響了我，包容了我的任性，讓我能恣意地成為自己。二十三歲教會我的事，便是時光並不漫長，長大是一瞬間的事；所有的相遇都是奢侈的，但因為你們到來了，我便甘願再浪費一次。

2020.1

輯二　情感先決

攝影輯02：離焦

攝影輯03：此曾在

輯
三　暗房

輯四　記憶顯影

時間的鋪

Back to the
scenery
once more

位

還想浪費一次的風景

輯一 ————
時間的錯位

從大學畢業了，第一個祝賀我的人是負責審核畢業資格的教務處人員，「恭喜啊。」她一邊蓋著章，一邊漫不經心地說。她將蓋好章的紙夾進紅色絨布面的證書夾，遞給我的時候還對我笑了一下，彷彿在為剛才的祝賀補上一點真誠。

拿著象徵著四年的紙張，沿著椰林大道騎回宿舍，原來一個階段的結束也沒有想像中的盛大。晃呀晃地時間就這樣過去了，一條路一直騎也會騎到盡頭。一個人踩著腳踏車，把曾經每天生活的校園再看一遍，哇，這些畫面都要成為記憶裡的場景了。

從美國回來之後失衡了一陣子，要畢業也是突然決定的，一邊創作、找住處、想辦法養活自己，一邊試著平衡想像中的生活與實際上的生活。我不是個特別有儀式感的人，缺席了自己的畢業典禮，也因為沒有拍畢業照的關係，紀念冊名字上方也只是個預設的空白頭像。幫好多人拍了畢業照，才發現除了去年和朋友拍的幾張合影，並沒有留下自己即將前往下個階段的身影；在硬碟裡找了很久終於找到這張，去美國前在宿舍外幫我的紅色腳踏車拍下的模樣，這台陪伴我許久的腳踏車後來也被弄丟了，好像也代表了某個階段的自己。

想起四年前的夏天，媽媽帶著我來台北聽新生說明會，一早我們就搭著自強號一路北上，到台北車站時，她看著平板顯示的台北捷運圖，「要搭紅線，然後到中正紀念堂轉車，接著在公館下車。以後你就這樣搭，知道嗎？」

騎車經過醉月湖時，我看著餵鵝的人群，想起那天說明
會結束後我和媽媽也在同個場景合影，十八歲的我拿著
當時還不太熟悉介面的舊式智慧型手機；那時的台北對
我來說還是好遠的地方，灰矇矇的高樓大廈、來往的車
水馬龍與顆粒粗大的自拍照成像，就是那時對於這個城
市的想像。

後來家和遠方不停地重新排列，能夠抵達的地方變得遠
了，跑到美國後，台北便成了帶來認同的地方。奮力地
長大，就會不小心把回家的路走得越來越長。

打了通電話回家，跟家人說我畢業了。媽媽問說需不需
要幫我把東西從宿舍搬出來，以往他們都會從台中開車
特別上來台北，那一刻我突然覺得，好像不用再麻煩他
們了。

回到臨時的宿舍收拾東西，突然要和好多來不及命名的
時光道別，其實很捨不得，但也默默地一直在心裡做了
準備。明白很多路是要自己走的，便能情願地抱抱這些
經過和愛過的燦爛和明媚。也就是因為有這麼用力過，
才會不小心感到疼痛。

發現最後的時光不會有太多喧嘩，也沒有觀眾會熱鬧地
鼓掌，就只是自己準備好後緩緩起身、安靜離場。

$\frac{02}{21}$

成長痛

偶爾回家，總喜歡和弟弟妹妹待在一塊，剪剪紙、畫畫圖；我們可以一起完成很簡單的事，如果有風，我們就去旅行。近則是家附近的市場、巷口的冰店；遠一點的話，我們可以去搭公車前往需要三十分鐘車程的夜市、或開車一個多小時的海邊。

在他們身上能看見一種可貴的無知，是一種成熟後逐漸遺忘的單純。心無旁騖地做好一件事，並不是不會分心，而是不去過度在乎他人的眼光，覺得這是件有趣的事，只因為真心喜歡，便願意執著地去做。

一起旅行的時候，把現實打包成行李，拖到未來寄放，現在就專心快樂。如果願意繼續擁有一雙清澈的眼睛，感覺長大好像還是很遠很遠的事情。

有一次早上醒來妹妹跑來拍拍我，和我說昨晚睡覺時腳的肌肉會痛，我記得小時候也問過媽媽同樣的問題，她都說那是「成長痛」。媽媽沒和我說的是，成長痛除了身體物理上的變化，也包括了開始學會面對世界和更大的群體的痛。

成長痛是個必然的過程，然而形容為「痛」並不是全然地污名化，而是權衡取捨的過程難免會不捨，就像童話故事裡用聲音交換雙腳的人魚，我們丟失了單純只為了去換取更多的選擇和平衡的機會。

妹妹又跑去畫圖了，知道她也會有開始困惑的一天，但希望那天到來時，她也能自己去尋找答案。我們不停地丟失、卻也不停地拾獲，成長是一種痛，但痛過留下的記號，卻是後來才能看懂。

一早起床，陽光從百葉窗曬進來，發現正在讀書的他。拍下了這張照片，他看了看便和我說，以後讀書時防曬乳要塗一條一條的，以免變成斑馬。後來他和我說，有種叫做Okapi的哺乳動物，只有身體的局部有黑白交替的條紋，其他部位便是柔順的棕色毛髮，應該會更像被百葉窗濾過的陽光灑在皮膚表面的樣子。

抵達加州半個月了，仍在適應很不一樣的語言和環境，還沒辦法很流利地表達，對於總是習慣說著話的我而言，是個很好的機會學習聆聽。慢一點，不要急著去證明什麼。面對內在的矛盾和衝突是為了抵達更大世界必經的過程，在能夠排出完整的時間記錄自己的思考脈絡之前，先嘗試記下一些瑣碎的想法。

利用碎片分辨事物是我們的特殊技能，例如看見黑白交替和棕色並存的毛髮，便知道牠不是鹿、也不是斑馬。我發現我們都是Okapi先生，身上仍留著自己原本的模樣，卻也開始出現陽光曬過、被新環境所改變的痕跡。或許異化，是要抵達另一層次的和解吧。

能夠在暖暖的陽光裡開始每一天，真好。

還想浪費一次的風景　　**輯一** ─────
　　　　　　　　　　　時間的錯位

我
願
為
你
奔
跑

在人來人往的世界裡，我已經等不及在一個春天的午後奔跑去擁抱你。這樣的擁抱無關乎我們可不可愛，也無關乎我們的人生漂不漂亮，這一刻我就想擁抱你。

擁抱後我們會分離，請你一定要繼續前行，會有很難熬的時候，但一定也會有溫柔的風景。偶爾哭泣沒有關係，但請你不要放棄。

在這樣的午後，我想讓你知道你值得這個擁抱、我也願意為你奔跑。

020

還想浪費一次的風景 ｜ **輯一** ————
時間的錯位

離開高中之後，因為課表上再也沒有美術課，便很少再拿起筆來畫畫；直到來了美國，因為修課的關係才又拾起畫筆。

在第一堂的人體素描課上，教授要我們看著模特兒，一分鐘內就完成一幅畫。「注意模特兒的姿勢，哪裡是他的重心、全身的氣是怎麼分配的？肌肉的線條是怎麼彎曲的？」教授穿梭在畫架與畫架之間，一邊用她濃厚的東歐口音說。我們一邊聚精會神地觀察著模特兒的姿態、拿著炭筆在畫布上快速移動，一邊跟著每分鐘響一次的鈴，將眼前上一分鐘的傑作撕掉、換上一張全新的畫布。

半小時過去，整間教室的地板已經堆滿我們的畫作。教授要我們離開位置，踩踏過一張張速寫，去觀察這些粗細相間的線條，去感受每一分鐘裡的光影流動，模特兒的姿勢變化，以及不同創作者在面對相同景象時所畫下的主觀視角。

我想起在拍照時，攝影者用自己的身體在空間裡移動，去感受、去體會被攝者的情緒、狀態，然後，喀嚓，將那一瞬間記錄至相機的海馬迴裡。

而另一點則是，若繪畫是收集與儲存印象的技法，拍照則能將這些印象從載體中釋放，產生另一種創造性，而記憶就能在它原生地之外的地方重新存活。當影像被無限地複製與轉存，那一瞬間就會永遠被記得。

「你的作品裡有很純粹的、誠實的感性視角，那個東西是很私我的，那樣的真實是非常打動人的；但是聽你在論述時，又能發現你想要藏入一些你所關心的事物，嘗試透過作品連接更大的脈絡。」聽到教授這麼說，我鬆了一口氣，「請繼續嘗試。若是有天你能夠更漂亮地結合你的感性視角和理性論述，讓私我的情感能夠被更多人共感，那麼，那樣的作品將會是很迷人的。」

希臘神話裡被稱為情感之神的酒神戴奧尼索斯，象徵情感最原始的狀態，一種人類與自然本源的契合，然而，必須加上象徵著理性、邏輯的太陽神阿波羅的介入，才能將原有的意義轉變，將創作連結到表象之外對應著的真實世界，讓作品超越個體的區隔。

社會學家布爾迪厄（Pierre Bourdieu）也在《藝術的法則》提出：「透過科學分析，對於作品的感性之愛，就能實現某種對事物的理智之愛。」便是在說明一種將文學或藝術作品放到一個更大的脈絡解讀，並不會破壞閱讀或觀賞文學與藝術時的愉悅感受，反而重建了圍繞著創作者的社會場域，並在重建的最後，找回這份藝術的特殊性。

創作了一段時間，總是希望能夠透過創作進一步闡述些什麼，時常在集體性與個人性的觀點裡打架，但後來覺得或許這兩者的眼光並不是完全衝突的。就像酒神與太陽神皆為宙斯的兒子，祂們的關係也並不如此壁壘分明，兩者的驅力交織反而能催生出更靠近完美的文化產物。

「當創作者能夠把自己放回社會空間裡，成為一個從自己的眼光出發的行動者，那麼，那樣的理性與感性兼具之愛，其實是很動人的。」每當遇到撞牆期，便會想起教授看著我、願意相信我的眼光。或許時候還沒到，或許有些什麼已經悄悄地在我的生命裡開始醞釀，創作裡的許多未知是我仍然困惑，卻也仍然期待的。

還想浪費一次的風景 ｜ **輯一** ─────
時間的錯位

前往Arnold的路上下起了雪，原本以為加州是不下雪的。一路上，廣播電台播著九〇年代的美國流行樂，大部分的歌我都沒有聽過，只能簡單地跟著節奏搖晃；偶爾車子開在碎石路上的震動會剛好打在拍點上，車裡的眾人就會一同歡呼。

我想起中學時代也有那麼幾首喜歡的歌，在那個智慧型手機還沒有普及的年代，我會把喜歡的歌寫成一張長長的歌單，請同學燒錄一張又一張的光碟，再拿著奇異筆在光碟上寫下歌曲的總稱，分類方法大致是：「快樂的歌」、「難過的歌」、「要站起來跳舞的歌」。

窗外的雪越下越大，車裡播著強納斯兄弟的新歌，這樣的歌適合現在，不適合回憶，所以還待在回憶裡的我聽著這樣的歌有點陌生。如果現在要選一張光碟來放，我應該會選「感到幸福的歌」，因為我終於看到雪了，這是我的人生第一次看到白茫茫的一片雪景，在四季如夏的加州。

他來參加我的簽書會

他是動畫系的學生，那天是他的畢業製作發表會，他很早就問我能不能出席他的公開播映會，因為這次展示的作品中，有幾段是關於我的。我對他並沒有太深刻的感情，也表明了沒有辦法給予長遠的承諾。他是明白的，但仍會用屬於他的方式傳遞他的愛意，我很感謝，便也在能力所及回應我的感受。

那天我帶著一早就買好的太陽花束前往會場，想起幾年前的另一個他。

我也曾經對他提出這樣的邀請，那時我剛出版第一本書，要在誠品敦南舉辦第二場簽書會，前一場簽書會他沒來，我回家哭了一場。朋友只是和我說：「你要相信他很想來，只是他不能。」其實我是知道的，他並沒有那麼喜歡我，同時也怕我會受傷。那時我們的關係終於進展到一種平衡，誰再任意移動都是在表面平靜的湖面上點水，只會泛起不必要的漣漪。

第二場簽書會的前幾天，他傳了一則訊息給我，問我他可不可以來簽書會看看我。我將訊息擱置了幾個小時，深怕答應了他卻沒出現，更怕的是，會不會這次見面後好不容易建立起的平衡又悄悄被鬆動了。這些心思現在想起來都好微小，卻是當時深刻的煩惱。

後來他來了，遲到了一些，我一眼就看到比我高上許多的他、站在人群裡搖晃的身影。第一本書裡有許多故事都是關於他的，他是知道的。講到我們的故事時，我能穿過人群的縫隙，看見他的頭倚著後方的書櫃，看見他也看著我的眼睛。

原本故事裡那個不安和焦躁的我突然不再害怕了，知道故事的結尾，會是我們的故事被寫下來，然後他來參加我的簽書會，聽我再把故事說一遍。那種巨大的安心感，是方圓幾尺裡有個懂了的人，場景裡的細節便無需多做解釋。

026

無論一路走來的路途如何顛簸，這一刻你和我都在這裡了。就算未來有些路是要分開走的，千千萬萬個路口，記得這一刻你曾為我感到光榮。在往後漂浮的日子裡，只要想到這一瞬間，就能安慰自己其實也曾擁有過降落的地方。

在前往發表會的路上完整地想了一遍這個故事，遙遠地像是別人的，但故事裡的每一刻又都曾經重重地敲打在年少的時間軸裡。直到如今，我都還能清楚地記得他穿越人海看見我的眼神。

春天的北加州空氣裡的微微濕氣，讓我想起那個獨自前往誠品簽書會的傍晚，突然想念起台北的車水馬龍和熟悉的黏膩感。我晃著手上的花束，忍不住猜想，他當時來我的簽書會也是這種心情嗎？會和我一樣忐忑不安嗎？看著太陽花束的倒影映照在身旁的花圃，陽光在草叢裡鑽來鑽去，突然期待起待會他的動畫作品，不知道會用什麼視角和口吻來訴說我們的故事？

還想浪費一次的風景　　**輯一**
　　　　　　　　　　　時間的錯位

我們只是待著。

我隔著塑膠簾幕看著他，像舊金山長年的大霧，也像第一次他和我說生活裡的悲傷變成憂鬱的河，他被溺斃在裡面；我就站在他身旁，卻不知道該如何安慰。

有些人的生命就是在一場又一場的雨裡來回行走，但他人大多只看到他們在陽光裡的樣子；就像我一直記得他漂亮的眼睛，也從未發現他偶爾也會出現落寞的神情。所以到最後都只能帶著自己的深淵，獨自掙扎向前。

第一次見面時，我們一起去吃了墨西哥菜，他幫我付了一塊錢的小費，連同他的一共是兩塊錢；這些微小的、具體的物件他可以幫我分擔，但那些無法指認的、更大的憂傷呢，我可以幫忙平分嗎？

我一次一次地按下快門，在路途的間隙裡偶爾陪他悲傷，但仍然有快樂的模樣；我想的是，如果這些瞬間能被延長，那麼不小心被折斷的枝椏，是不是還能被再次拾起，收進口袋裡呵護收藏？

四月過完是五月，五月過完夏天就要來了。我明白有些更底部的皺摺不會被撫平，懂得笑的人不代表不會哭。

我們只是待著，像照片裡的他、觀景窗後的我一樣，安靜而勇敢。

還想浪費一次的風景　　**輯一** ————
時間的錯位

Uber司機駛在尚未天明的舊金山，令我想起在遙遠的另一座城市裡，這個時間如果能看得到曙光，那想必是拖著疲憊的身軀，夜唱過後、獨自走在空蕩蕩的台北巷弄裡。

那時深怕被落下，覺得一定要夜唱幾次才能夠稱為大學生；付了幾百塊錢坐在過冷的包廂裡，大多時候也只是搖晃著手中的啤酒，偶爾扭扭身體，心想著我還不如在宿舍裡安安靜靜地聽完一首歌。在幾次幾乎廢掉的隔天，還有身體隱隱作痛的提醒之下，終於決定要開始拒絕這種青春過剩的集體活動。

時間向前推進，空間來到了遙遠的彼岸，男孩也開始擁有了男人的身體特徵。每二十四小時就會到來一次的夜裡，按捺不住寂寞與身體的提醒，總是得尋找陌生的體溫環繞才能安穩地入睡。每個月的Uber帳單，大概就是幾次深夜清晨往返的證明。

城市裡寂寞的人互相照顧，因為看見了彼此為何孤獨，所以越擁抱越無助。暫時關掉軟體通知與閃爍的手機屏幕，伴隨著無名男子的鼾聲，放心地掉入枕頭上的摺痕與深不見底的黑夜。以為把彼此接住了，其實我們只是一起墜落。

「這是大人的夜間活動。」我一次次望著不同房間的窗外景色想著，「大人們一起在城市的邊緣墜落。」從同一個夜晚離開，回到各自的日常位置，明白關上門後一切都不會復返；剛剛蹭著鼻尖親吻的人，走出這個房間後又再次成為從未見過的他者。

少了啞掉的聲帶，多了一些氣味的交換，心臟是個巨大的迷宮，填補了一些缺口也多了一些細小的洞，沒能找到出口的我們就先在這裡待著。我們都心想著，沒關係，還有下個夜晚、還有下一個。

11/21

長大

拼命地想要帶上所有記憶，世界再大仍然會感到擁擠；人們的到來是一面面鏡子，映著太多的時光，太紛擾的臉孔，一不小心就會刮傷自己。

一路撿拾的孤獨有些變成眼淚，大部分成了祝福。沿著想念的足跡走，會發現有些快樂儘管很模糊了，但其實沒有消失。回頭看生命裡裂開的遺憾，透著一種後來才看懂的溫暖。

想起電影《比海還深》裡說的，「有勇氣成為他人的過去，才是成熟的大人喔！」

還想浪費一次的風景 | **輯一** ─────
時間的錯位

他說，認識一個人的第一件事，他一定會先問對方叫什麼名字，因為那代表了對方身為一個人的主體性。

我想起了在美國酒吧搭訕的起手式，總是不經意的一句「Where are you from？」然後快速地將聽到的地名與腦海中所有的刻板印象連結起來，嘗試給予相關的回應。透過網路，我們也習慣用幾張照片和幾句描述來認定一個人的輪廓，卻時常忘了，其實一百個人就有一百種模樣，每一種模樣裡更是有千百種個性。

用標籤來認識人總是容易的，就像學校為學生編號，醫生為病人編碼。他是墨西哥人，他是個同性戀，他是哪所大學畢業的，他是個川普支持者。標籤只是為了讓我們對於一個族群有個概略的想像或認識，卻沒有一個標籤能夠完整地概括任何一個人。

他晃了晃手上的咖啡說，貼上標籤是為了要撕掉標籤。

036

找了個週末，終於搭著學校間的接駁巴士拜訪戴維斯。戴維斯是加州首都薩加緬度旁的一個城鎮，離柏克萊大約一個多小時的車程。

抵達的時候，他已經在公車站牌等我了，我朝他笑了笑，他一眼就認出了我。春天的戴維斯很涼爽，與其等待下一班公車，我們決定走三十分鐘的路程去鎮上的另一頭吃飯。我們沿途經過一排又一排的木屋，走到第一個岔路的時候遠遠地聽見小提琴和孩子們咯咯笑的聲音，他問我，要不要去瞧瞧。我點了點頭，決定暫時背離我們原本的目的地。

大約三分鐘的腳程，原來是有人生日，正在舉辦派對。陽光像糖霜般灑在翠綠的枝枒上，樹影隨著風來的節奏映在碎石子上搖搖晃晃，孩子們的身軀穿梭在樹枝與樹枝間，若是能為他們裝上翅膀，可能隨時都要開始飛翔。

我向派對裡的大人示了示意，朝樹上的孩子們按了幾下快門。有個小女孩看見了我們，從樹上爬了下來、跑向放著蛋糕的桌子，端了兩盤蛋糕朝我們跳著走來，「今天是我的生日！這個蛋糕給你們。」身旁的他蹲了下來，「真的嗎？」「真的！」小女孩將兩盤蛋糕遞給他，他笑著接過蛋糕後問她：「妳叫什麼名字呀？」「她是Nicole，今天滿七歲。」女孩身後的女人笑著回答，Nicole聽了不好意思地跑回母親後方。

「生日快樂，Nicole！」我們剛好一起說，Nicole探出頭，在母親的腳邊蹭了幾下又跑回孩子一同嬉戲的地方。一旁的老夫婦輕快地演奏著，應該是貝多芬第六號田園交響曲，幾個短髮女孩在一旁的草地上拿著竹竿，丟接著一個用藤蔓編織而成的花圈。

還想浪費一次的風景 　　**輯一** ─────
　　　　　　　　　　　時間的錯位

看著眼前溫柔且歡樂的景象，總覺得好像在哪見過。我忍住不去想或許是童年未完成的幻夢：單純地坐在草地上，聽著小提琴聲和著孩子的笑鬧和童言童語。我的視線及思緒隨著孩子的身軀滾動和奔跑，所有關於童年的記憶，也都鋪上了一層細膩的光暈。

040

還想浪費一次的風景　　│ **輯一**───────
　　　　　　　　　　　│ 時間的錯位

剛剛加州時間過28號了，想起一個月前的今天，我們差點因為颱風被滯留在成田機場。那是我們旅行的最後一天，你買了幾張明信片，說要趁著還在東京，寄些祝福給你的朋友們。我順手也買了幾張，原本是要寫一張給你的，但想想有點矯情，便任性地把原本要寄給你的那張收進行李箱裡，沒有寄出去。

後來我一個人來到舊金山，剛把行李箱放進櫃子裡時，便發現當時塞進去的那張明信片，好像把那個一直想念你的我也帶了過來。把已經有點摺痕的薄卡紙邊緣貼上紙膠帶，黏在小房間裡斑駁的牆上，順著壁癌的方向貼合，看起來特別合適。

想起你的畫面仍是一起回台灣後的幾天，你再次陪我來到桃園機場，但這次不會有你在前面帶路了。我一個人走進出境的閘門，回頭看見你在隊伍的遠處揮手。抵達舊金山之後，還是習慣著自動換算成台灣的時區，揣想著應該要跟地球另一端的你，說早安還是晚安。現在台灣時間應該快要29號了，但沒關係，還會有下一個28號，下一個、再下一個。而我不一定都能這樣想念你。

可能往後的這一天，我不會再頻繁地想起你了，隨著時間推進，彼此生活能重疊的部分也越來越有限。有一種無奈是你仍然遙遠，但我已經不會起身去追。我想要記下來，只因為希望在想念逐漸變淡以前，提醒自己你來過，然後我曾經這樣把你放在心上。

親愛的蔡蔡，

謝謝你問我要不要和你一起來東京，看著你總是認真查找地圖的神情，想和你說，就算一起迷路也沒關係的。

用旅人的視角觀察一座城市會放大所見的優點與缺點，但短短這幾天，現在想起來的大部分都很快樂；尤其是那些突然想起要記錄下來的時刻，每個我拿起相機的瞬間，你總還是不習慣我拿著相機對著你。喜歡旅程裡偶爾的價值觀討論，明白這樣的討論不可能會有純然的客觀，但我相信在我們已經太訴諸感性的生活裡，卻還能梳理出理性的思考，仍然是很重要的學習。

從你身上看見很多的幸運，身為朋友的我感到高興，不過，只拿這些幸運來獨善其身太可惜了。擁有更成熟的眼光並不會讓我們變得厲害，而是更懂得如何善待他人。希望我們能更快地明白，真正的體貼不僅是表面上的溫柔，而是能夠早一步站在對方的位置，作出對彼此傷害最小的選擇。

花火大會那天，坐在你左手邊，一起看著散落的煙花。沒和你說，其實我想起大一元宵節時，我們去圓山看燈會，那時你突然說，大四的時候要記得去參加你的授袍典禮，我說：「好，還好久喔，但我會記得。」

然而，太遠的約定趕不上更近的變化，不到十天之後我就要出國讀書了，不過別擔心，我會在太平洋的另一端惦記著這件事。恭喜我們，都要往人生的下個階段邁進了。我想那些暫時寄放在你那裡的愛意，已經完成了它們的使命，歸還回我的人生後，將繼續抵達生命裡往後其他的相遇。

儘管捨不得，但也期待在看見更多觀看世界的視角後，能夠再與你分享。再次謝謝你，也會想念你的，期待再見。

2018.7.28寫於東京成田機場

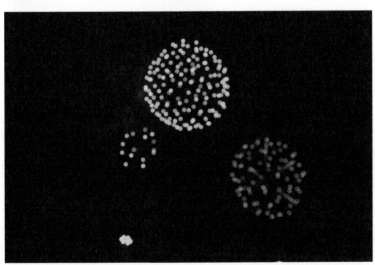

還想浪費一次的風景 | **輯一** ————
時間的錯位

剛開始拍照時，還不了解焦段的意思，以為焦段五十就是指五十公分的拍攝距離：被拍攝物體在大約五十公分的距離會有最漂亮的成像以及景深。想辦法估量五十公分的距離，但總是連對焦都難。

後來才知道，這個數字其實是指五十毫米。焦段是相機的光學系統中，衡量光的聚集、發散的單位，指從透鏡中心到焦點的距離；影響的是拍攝畫面的廣度，隨著焦段越大，能拍攝的範圍也越來越窄。

想起那次和你出去，拿起相機想要拍你，沒有接到你話語裡的意思，便總是錯估我們之間的距離。洗出來的照片都是模糊的，但還是能隱約看見你揮動的雙手和仍然熱切的神情。

晃動的場景和過多的雜訊並不會節省記憶體，反而要耗費更多心力去解讀，其實那樣的記憶已經無關事實了，我只是想要試著釐清；有時候覺得你太遠，但當你回過頭的時候又覺得我們特別靠近。

親愛的，你可以定格一下嗎？或是給我一些訊息，好讓我可以找到合適的距離，剛好能夠對焦在你的眼睛。

日子仍舊繼續

那天在地鐵上隨意按下快門，透過觀景窗我們對到了眼神，他依稀對我說了幾句話，但車廂摩擦鐵軌的聲音太大了，而我正穿越地鐵上站著的乘客，所以沒有聽清楚。他快速地移動到我身旁僅存的座位，清晨七點的地鐵已經充滿了上班的人潮，他問我：「你是攝影師嗎？」原來他是做嘻哈音樂的藝術家，希望有機會的話可以合作。

我還來不及自我介紹，他要下車的地鐵站已經抵達；我們快速地交換了聯絡方式，他在閘門關上的前一秒踏出車廂。

我們在社群媒體上斷斷續續地聯絡，幾週後，我們在他布魯克林的家見面。

我們一邊聊著，他一邊捲著菸草。去年他和一隻名字叫Karl的貓，從佛羅里達搬到紐約，已經有一年多的時間了。不知道美國東岸是怎麼區分南方北方，他的口音裡總讓我想起海邊搖著冰塊的調酒師，濃濃的腔調伴隨著冰塊撞擊聲，喀拉喀拉的。儘管窗外僅有零下幾度，我也沒真的去過佛羅里達的海邊，但他讓我想起夏天、以及一款叫Mimosa的調酒。

但實際上，他的生活和我對於海邊愜意的想像有很大的落差，他平時為了糊口在餐廳打工，其他的時間就窩在家裡做音樂。他說他在佛羅里達的時候其實已經有些名氣了，但為了更多機會便搬來紐約。「這裡有更多的音樂人和藝術家，隨時都有可能被發掘，我也很努力地在找合作和被看見的機會。」

「你知道的，就算是再倔強的藝術家仍然希望有更多觀眾。」此時，我們已經走到他家附近的超商，離開了曼哈頓島，街道的樣子和氛圍已經與想像中的紐約城市風景截然不同。

046

聽過了太多成功的故事，反而覺得我們都更靠近仍在等待的故事；一個寓言
背後可能有一百個並沒有成功的案例，只是人們覺得他們不夠特別，便也沒
有人再訴說。

機會太多了，什麼事都有可能發生，卻也可能什麼都沒有發生。

這個年紀已經對於夢想沒有過多的浪漫想像，大多關注著要怎麼平衡著生活
的困境和嚮往。我們一起走在布魯克林的街道，一月初沒有下雪，風仍然颯
颯地刮。他俐落地戴起毛帽，和我說他一到冬天就想回到南方，但他的貓也
住習慣了，便覺得待下來也無妨。

我一個人回到曼哈頓島時已經傍晚了，地鐵站人們的步伐快速地移動，這個
城市與資本主義的世界仍然一同高速運轉。我想起他專注聽著耳機裡傳來的
節奏、嘴巴念念有辭的模樣，Karl時不時地過來蹭蹭他的腳踝，發出咕嚕
咕嚕的聲音，便覺得就算我們想像中的成功永遠沒有發生，好像也沒關係。

047

還想浪費一次的風景

輯一 ─────
時間的錯位

一
萬
個
清
晨

剛開始一起住的時候，因為喜歡對方的緣故，可以每天比他早十分鐘起床，先沖個澡、再一起出門。平時總是晚睡的我，也因為配合他的作息逐漸早睡早起。

「明天一起出門嗎？」他總會在睡前問我。好呀、好呀，我總是信心十足地將鬧鐘往前調整，儘管提早出門的我也只是在街上亂晃、或先去圖書館讀書。

想起以前還住在家裡的時候，母親每天都會提早半小時起床幫我們準備好早餐，和我們擁抱後才讓我們出門上學，千年如一日。上了高中後清晨便要出門搭車，她便調整成更早的起床時間，寒冷的冬天天空尚未甦醒，就能聽見母親在廚房裡烤土司或煎蛋餅的聲音。

「帶上吧，不然當成點心也好。」曾經有一段時間因為叛逆，和母親說不要再幫我弄早餐了，我要去學校附近的超商買，便利店的三角飯糰和關東煮才是年輕人的選擇。那些為了抵抗而抵抗的時光，母親還是會在書包裡偷偷放進她準備的點心，有時被我發現了，母子倆便在家門口推推拉拉，為了一小袋點心而爭執。

後來離開了家，偶爾一次回家，總要搭凌晨的客運回台北上課，母親仍然堅持比我更早起床，擁抱我後，親自送我出門。

現在隻身來到美國讀書，天氣也開始轉涼，清晨的窗外溫度漸漸下降，原先一起出門的計畫，慢慢改成提早五分鐘、三分鐘起床，最後我直接放棄了，窩在捲起的鬆軟棉被裡，勉強睜開眼睛和他說：「你先出門吧，我再睡一會兒。」

那一刻我才意識到，如果為對方早起可以用來衡量愛的重量的話，那麼我的喜歡，離母親的愛還差非常遠；若母親的愛是千百個清晨，那麼，大概是我幾個十分鐘的喜歡、永遠無法比擬的。

曬好的棉被

早晨醒來,發現陽光正在用力擴散,而你把曬好的棉被收進門來。

我分享了一件幸福的事,因為日光節約結束的關係,平時起床的時間陽光變得更加溫暖;而你也分享一件事作為交換,今天提早了一點起床,等等要坐回床上想今天要吃什麼早餐。

窗外的陽光比燦爛還要再收斂些,穿過玻璃的折射觸碰到臉龐時,讓我想起一種熟悉的暖意。我決定打一通電話回家,其實也沒有說什麼,主要是說很想寄給一些這裡的溫暖回家,遠遠的告訴他們我一切都好。很想念的時候,就會知道要更努力照顧自己。

掛上電話,發現你也正在和遠方的家人說話。你坐在剛收進來的棉被上,整個人懶洋洋的,說著我聽不懂的語言,話語被切成一艘艘小船,漂浮在房間裡溫柔的光線中。

我想起剛才弟弟從電話那頭問我,我在電話上說的那種溫暖是什麼感覺?我這才想到,其實就是家的感覺。

051

兼職海鷗

看到報導說許多鷗鳥已經背棄了大海，搬遷到城市裡尋求更安逸的日子。在住房屋簷上安家，在商業建築上定居，從海鷗逐漸成為城鷗的牠們，大概也會慢慢忘記大海的氣味。

海鷗曾經是大海的預報員，當航海人航行迷途或遇上大霧瀰漫時，可以觀察海鷗飛行方向，作為尋找港口的依據；當他們貼近海面飛行，那麼未來的天氣將是晴朗的；若沿著海邊徘徊，天氣則會逐漸變壞。

大海是他們原生的地方呀，怎麼可以忘記呢？大概是因為城市提供了更為安全、溫暖的環境，少了天敵的威脅和打擾，街道照明也讓夜間搜尋食物更為方便。每次到海邊時，看見漫天飛行的海鷗，便覺得其實城鷗也犧牲了很多，違背牠們的天性在城市裡闖蕩，需要閃躲街道上的看板，和移動中的人群爭取空間，最重要的是，牠們再也沒有一望無際的藍天可以恣意地飛翔。

一次在城市裡行走，往斑駁的牆朝上望、看見一個用樹枝築成的窩巢，日光從樹枝的縫隙裡透下來，照映在腳邊、透成一張晃動的網，旁邊還有一些掉落的枯枝。我原以為那可能住著鴿子或燕子，但尺寸似乎有點太大了。直到一隻鷗鳥飛回來，模樣就像在海邊看到的那些海鷗，有潔白的身軀和淡灰色的翅羽。窩裡的小鷗鳥探出頭，用小而尖的喙嘴咁住媽媽帶回來的食物，我看著這幅景象，突然覺得媽媽大概因為還有真心想守護的事情，因此選擇了離開大海與自由，居住在窄小而溫暖的城市邊緣。

我聽見遠方大船的鳴笛聲，腳邊映照的光影突然變得破碎。看著鷗鳥媽媽拍動著翅膀，想著她是不是也曾經嚮往著藍天？這群小鷗鳥，有沒有能夠展翅的一天？所有的生活都只是選擇，大概連鷗鳥也一樣吧，總要用什麼去換取些什麼。

我往人群的方向走去，想著我真心想守護的究竟是什麼。大概也
沒有勇氣為了自由而犧牲了安穩的可能，那麼，我要當一隻兼職
的海鷗，選擇一個靠海的城市，帶著自己的行囊，永遠在移動、
永遠擁抱天空，卻也永遠面朝大海。

「Chih-Hsi Tsai？」教授喊了個似乎是中文發音的音節，我花了幾秒辨識了一下。

「Oh, it's Chieh-Hsi.」「Chieh-Hsi？」他複述我的名字的時候，重音被放在後面，聽起來像東南亞語系的語言。

「It's ok, you can call me Jessy.」「Are you sure?」

「Yeah all good, either way.」

這大概是在每堂課點名時都會發生的事，若是超過二十人的課堂，點名可能要花上幾十分鐘，有趣的是，可以看見教授在點名時的表情變化。來自英語系國家的學生，教授都能很流利地唸出名字、並快速地完成點名儀式，但若是國際學生超過半數，這儀式可就沒這麼容易了；那些來自非洲的、南美洲的、亞洲的學生，更別說來自中東語系的學生了，在教授表情扭曲並嘗試念出前面幾個音節時，他們大多會直接打斷教授，提供正確的唸法以及為了節省溝通成本而取的小名。

學校非常尊重個體差異，包括每個國際學生從自己的文化裡帶來的稱謂，大家都會盡可能地用母語的直譯來稱呼彼此的名字。但大部分的時間，我們仍舊會為了溝通的效率，在小細節上犧牲一下也無傷大雅。

我相信語言作為一種符碼，是一種對於自己自身文化的認同，而很多霸權的傳播，總是在不知不覺中侵蝕我們的思想。想起小時候的我們，如何被取一個英文名字、如何感知到「Jessy」聽起來比「傑曦」高級，而流利的英文很多時候並不只是拿來做為工具，更是展現自己擁有更多的文化資本。

054

在某堂課的課後，一位日本同學走到講桌和教授說，希望下次點名時能夠先唸她的姓再唸她的名，因為在她們國家是這樣的順序。我看見教授用筆將她的姓圈起來，畫了個箭頭拉到她的名字之前。我當下很佩服這個日本女生，這或許是很小的事情，但我總覺得就是這些小事建構了我們如何觀看與閱讀這個世界。精神文化的被殖民或許更難抵禦，原因是我們並沒有明確的敵人，但或許我們能做的不在巨大的革命，而是在日常中認同並實踐自己所相信的價值，進而一點點地鬆動看似堅不可摧的主流社會文化價值。

我一邊吃著墨西哥捲，一邊想著，雖然很多朋友也用「Jessy」叫我，但下次還是請教授叫我「Chieh-Hsi」吧，這是我現在能想到的—微小的反動。

還想浪費一次的風景 ｜ **輯一** ─────
時間的錯位

在人龍中緩慢地前進，我們終於在四點左右進到帝國大廈的內部。隨著載運著滿滿乘客的電梯急速上升，他一邊和我說著小時候第一次上到觀景台時的心情。其實在紐約長大的他已經來過好幾次了，不過身為地陪，他說、我還是陪你去吧，帝國大廈是一定要去的。

冬天的紐約大約五點就開始日落了，八十六樓的風猖狂地吹著，大多遊客拍完幾張照就趕緊回到玻璃窗內，觀景台並沒有想像中的擁擠。我看著即將落下的夕陽灑在絢爛繽紛的曼哈頓島上，「這邊是下城，再過去是中城，那是中央公園，有看到嗎？」他用戴著手套的手指在冰冷的空氣中畫了幾個圈，我往他指尖指向的地方望去。

我想法國攝影家納達爾（Nadar）在一八五八年攝影術發明之初，多次嘗試失敗之後終於登上熱氣球，拿著相機俯瞰著整個巴黎市，大概就是這樣的感覺吧，整個世界就在我的腳下了。在那個時代，能用飛鳥的視角觀看世界是多麼不容易，而第一張鳥瞰圖的出現，也讓人類的視野往前跨了一大步。

在這個最接近天空的時刻，我想到所謂的世界應該一部分在面前、另一部分則在身後。面前的已知世界如此壯麗，但比起身後更浩瀚地、我尚未明白的世界仍然保守。

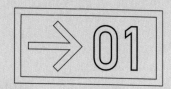

攝影輯

在路上

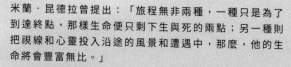

蔡傑曦

米蘭‧昆德拉曾提出:「旅程無非兩種,一種只是為了到達終點,那樣生命便只剩下生與死的兩點;另一種則把視線和心靈投入沿途的風景和遭遇中,那麼,他的生命將會豐富無比。」

奔放而過剩的青春,明白這樣的奔跑與笑鬧,是在某次成年禮過後很難再擁有的純粹;那樣不羈、毫不節制揮霍的時光,正是我想要透過鏡頭寫下的白日夢。

在路上,就是希望。

On the road

在路上　　　　　　　　　　　　　在

還想浪費一次一次的風景

Back to the
scenery
once more

Jessy Tsai.

蔡傑曦 ⟶ 著

Back to the
scenery
once more

情感 先決

還想浪費一次的風景 | **輯二** ───────
情感先決

電話那頭的她談起台灣的近況，意識型態的差異、世代間的意見相左、各個派系的鬥爭，大大小小的問題正撕裂著台灣社會。電話另一端的我，不小心掉下了眼淚。

在美國的這一年突然覺得離家鄉好遠又好近，第一次在這麼遠的地方建構對於家的定義和想像。我和她說，加州身為一個墨西哥移民最多的州，課堂上常討論到美國政府的邊境政策，在這些議題面前我總是感到陌生，但在同學口中卻是多麼迫切的問題。柏克萊校園天天不時會有各式大大小小的遊行，不同的群體為了自己所在乎的議題走上街。有時我會想，我也有勇氣為我所相信的價值奮鬥嗎？

只要體認到自己所處的世界與想像中的不同，便會被歸類為問題。人生而為一種集體動物，問題永遠存在，多數人的問題對抗少數人的問題、群體間價值觀的抗衡。偶爾離我們近一些、偶爾離我們遠一些，偶爾沒有注意到、偶爾單純不在乎；就像在乎穆斯林人權的人不一定會為了性別平權而走上街，反對墮胎的人不一定隨身攜帶環保餐具，反對文化霸權擴張的人不一定會簽署綠能發電的連署。

很多人並不關注事物的意義，他們更追求的是事物的效益，這也沒有什麼錯，僅僅是個人決定而已。長大後逐漸沒有「我們」了，微小的個體差異都會帶來不一樣的選擇，而這些選擇會帶領我們去到截然不同的以後。

我和她說，幾年前在印度的火車上，在那樣年輕的時光裡，便決定要用影像和文字去記錄、去書寫那些我所在乎的物事人情，用那樣的年紀剪裁、用那樣的熾熱擁抱。越靠近人群便越覺得自己的力量渺小，在龐大的結構面前難免感到無奈和不得已，「那代表你還有愛。」她說，「所以不免感到失望。」

漢娜鄂蘭曾經說過：「我這一生中從來沒有愛過任何一個民族、任何一個集體—不愛德意志，不愛法蘭西，不愛美利堅，不愛工人階級，不愛這一切。我只愛我的朋友，我所知道、所信仰的惟一種愛，就是愛人。」

帶著這樣的愛，進而去接近理想中的世界模樣；世界太複雜了，記得尊重他人的世界，在盡力爬梳的同時，想和自己說無論你決定起身、或是決定躺下，這都是你的選擇。為自己、和我自己所愛的那個世界而活，不負自己，且不負那個世界就好了。

上帝的演員

二十歲之後，時常跟母親有價值觀上的衝突；當我們談起同婚議題的時候、當我們談起政治的時候，當我們談起人生規劃的時候。

當我們不再住在同個屋簷下，其實掛上電話就聽不到對方的消息，這一年在太平洋的另一端，物理距離更是讓親密顯得遙遠。好幾次想掛掉電話，溝通是有代價的，但就是因為我們在乎彼此，所以願意負擔這個成本。長大後逐漸明白父母也是人，總是有其極限，而父母也接納了兒女是獨立的個體，擁有獨立的思想和獨立的人生。每次爭吵過後，我們總會一再確認、縱使我們有相違背的立場，每個階段也有不一樣的追求，但並不影響我們相愛。

我時常看著弟弟妹妹，心想父母要放手讓兒女去成為他們自己人生裡的樣子，是多麼困難的一件事。母親是個念舊的人，時常回顧以前陪伴我們成長的時光，有時我也會懷念那個曾經把父母當成天的自己，躲在父母的翅膀底下，雖然偶爾不服，但能很完好地被保護著。母親也很無奈吧，那個天真善感的小男孩，一眨眼就跑到這麼遠的地方。

家人是相互虧欠的靈魂，掉在人世間、必然相遇的塵埃，我們相愛卻也互相傷害。但當有陽光灑進來的時候，仍然能看見映照在彼此身上，好看的影子。

母親總說，我們都是上帝的演員，只是她剛好被分配到要扮演母親，而我們扮演兒女，她沒有辦法為我們的人生負責，只能盡可能地扮好一個母親的角色。「直到謝幕的那一天前，我都不會卸下這身裝扮，」已經五十多歲的她，仍然義無反顧地試著理解和愛，「原諒我的有限，我也仍在學習。」

我明白很多時候之所以能放心地去闖，是因為家庭給了我足夠的安全感，而信仰則給了母親源源不絕的愛。小時候母親都會要求我背聖經經文，她總說，有天沒辦法閱讀了，還是可以在腦海裡複誦這些話。

064

雖然我已經不太讀聖經了，但仍然想起小時背誦的羅馬書：「凡事都不可虧欠人，唯有彼此相愛，要常以為虧欠。因為愛人的，就完全了律法。」

發現那些倖存下來的句子和母親的價值觀，仍在冥冥之中祝福著我。

還想浪費一次的風景　|　**輯二** ————
　　　　　　　　　　　情感先決

我
會
在
這
裡

在聖地牙哥時看了墨西哥傳奇女畫家芙烈達‧卡蘿（Frida Kahlo）的畫展，一直無法忘記其中一幅畫作「兩個芙烈達」。那是一幅雙重自畫像，畫作裡的兩個她牽著手，兩顆心臟的血管連在一起。

她說，「我畫自畫像，因為我總是感受到孤身一人的寂寞，也是因為我是最了解自己的人。」她的作品裡總可以看見她不畏世人眼光的倔強精神、如何用愛來面對苦難的人生，以及那樣扶持自己、撫慰自己的心。

想起之前拍攝的作品，儘管沒有像芙烈達一樣跌宕起伏的人生，但那段時間正行經生命裡的坡谷，幾乎看不見陽光。當時決定離開生活場域一陣子，逃回台中的家。

回到家後，給了自己很多的時間沉澱和思考。當我看著兩個弟弟相處的時候，發現他們是彼此很堅強的陪伴和支柱，我發現內心裡面也有那個小小的角色正陪伴著我，那是我自己。在每一次信仰破滅的時候、每一次摔得粉身碎骨的時候，以及每一次、每一次失去的時候，他會為我擦乾眼淚，靜靜地擁抱我，學習愛、同時也學習接納遺憾。

不知道未來的日子會是如何，如果之後的我仍然會感到孤單，希望能永遠記得，我會在這裡，並且一直、一直在心裡陪伴著，不要害怕、也不要失望。儘管我們的生命卑微如塵，用力活著的時候，歲月仍然燦爛如歌。

還想浪費一次的風景

第一時間認出妳

以前和爸媽出門時總會牽緊他們的手，因為更小的時候，曾有一次和他們在人群中走散。我看著行人不斷地經過自己身旁，我不認得任何人、也沒有人認得我，我忍不住哭了起來，小小的我好害怕被遺忘。

高中時我留了一頭長髮，那時我們是要好的朋友。有一次妳和我說：「欸，我上禮拜在路上看到你，你綁著頭髮，好顯眼。」我說是嗎，妳說對呀。「那下次要叫我呀！」「我會啦！」然後我們咯咯地笑了起來。

高中畢業後妳去美國讀書，很驚訝妳就這麼一個人拖著幾個行李箱，飛一萬多公里到太平洋的另一端開始新的生活。我們一起從那個人來人往的巷口出發，走呀走，妳竟然走到了海的另一頭。三年前的冬天妳從美國回來，我們在勤美術館附近的一家小餐館見面，桌上的熱茶都還沒喝完妳就趕著先走了，來不及好好抱一抱妳，心裡知道以後可能很難再見到妳了。

後來我把頭髮剪了，想到的，是妳曾經稱讚過我留長頭髮的樣子，從那個場景離開的妳不知道現在過得好不好？幸好，時光沒有待我們太差，繞了一大圈在地球的另一端遇見了。

半年前再次和妳連絡上，說我要到加州讀書了，妳在電話那頭驚喜地叫了出來，第一時間就說：「來住我家吧。」後來第一次拜訪妳，站在妳家的木門外，來開門的是一位漂亮成熟的女孩，我差點認不出那就是妳，妳大笑著說沒有變這麼多吧。那一刻我突然想起高中時的妳、穿著制服，牽著另一個女孩的手走在一中街頭，妳笑起來的樣子還是一樣。只是一晃眼，妳已經成了亭亭玉立的女孩，站在加州的陽光下，牽著另一個西班牙男孩的手。

常開玩笑說妳是公主，但也明白這些任性底下藏著一顆始終熾熱的心。

我們身上有很多不一樣的地方，這樣的不同讓我們總是能在對方身上看見不一樣的世界。想起相識的那時候，我留著長髮、妳是短髮。現在的妳頭髮留長了，而我則把頭髮剪了。時光匆匆，歲月流轉，或許這一年就是我們人生裡最親密的時光了，但仍然想和妳說，未來不管居住在哪個城市、愛著什麼樣的人，我都會記得這些與妳一起共享的日子，並且會在人海中直覺地認出妳，一如妳總是遠遠地就叫住我。

後來我不再害怕被遺忘了。或許幾年後再次打開門的剎那，彼此的樣子已經更加不同，但我們還是會在那一瞬間突然發現，啊，妳還是那個妳，如同我也仍然是那個我。

還想浪費一次的風景　　**輯二**　————
　　　　　　　　　　　　情感先決

從觀景窗看見你

「笑一個吧。」我對著觀景窗裡的他這麼說,那時我們剛離開藝術宮(Palace of Fine Arts),一起在海邊散著步,遠遠地能看見他身後的金門大橋。

其實那幾天天氣並不好,趁著難得放晴,他提議到海邊走走。為了捕捉我們一起在海邊散步的樣子,帶成定焦鏡的我只好快步到距離他幾尺的地方拍下他的身影;我沒注意到這樣的距離讓我們的關係從照片中看來疏遠。

聽見幾聲快門聲響後他快步走到我身旁,「我剛才是因為你笑我才笑的。」他突然對我這麼說,「啊?」我一時聽不懂他的意思,「我說,你剛才不是叫我笑一個嗎?但,我不是因為你的指令而笑,而是我看見你笑了,所以我才笑了。」

他拍拍腳上的沙子走到我前頭,「你都沒注意到,其實你在給指令的時候都會忍不住做一樣的動作,」他轉過身,倒退著走,「而那個笑,才是真正觸發我笑的動機。」

「我喜歡看你笑。」他給了個小小的結論。他突來的直白讓我一時不知道該說些什麼,食指不安地轉動著相機上的輪盤;偷偷地在心裡感謝這台笨重的機器,用幾秒鐘的時間和最簡單的按壓動作,讓我們更靠近了一些。

還想浪費一次的風景　|　**輯二** —————
　　　　　　　　　　 情感先決

男孩在離開之前給了他一個擁抱，在入冬後的北加州，攝氏十一度的路口。

這個擁抱很長，長到他想起了他們第一次在酒吧遇見，男孩親了他，那是他第一次和另一個男孩親吻。後來他們又見了幾次面，在朋友家的派對、在美式足球場的觀眾席、在午夜的舊金山街頭，他們並不是每次見面都會親吻，但一定會擁抱。

然後，他想起了那天在男孩的副駕駛座，男孩看見了他的不安，便握住他的手輕聲地說：「Hey, I'm here.」之後每當男孩發現他的眼神開始閃爍，都會這麼做。男孩在他還不熟悉這個城市時，聽他用緩慢的英文說話，男孩接納了他的困惑，一次次看著他的眼睛，告訴他、他是值得被愛的。

這個擁抱同時也很短，短到計程車轉眼就到街角，他正想和男孩說聲謝謝的時候，男孩已經鬆開了手、親了一下他的臉頰，搭上了車，消失在路的盡頭。

後來他才知道，男孩說「Hey, I'm here.」只是要他記得當下被愛的感受，真正的意思是 ―

「I'll not always be here, so when I'm gone, stay safe, stay happy.」

愛裡迷路

看到他鼓起勇氣打一長串訊息給我，就想起我也曾經這樣戰戰兢兢、揣摩好適當的語氣，在剛好的時間，只是想要被對方看見，或許就有被愛的可能，哪怕只是一瞬間也好。

所以看見他這個樣子我其實很心疼，那需要多大的勇氣。

四月初的北加州已經開始回暖，人們不再像冬天那麼頻繁地擁抱，一如科技帶來了一些便利，同時也帶走了一些人性：我們可以更輕易地認識人，但同時，讓一個人從生活中消失也是多麼的容易；輕輕地按下封鎖，或再也不回訊息。我在想，我們要如何確認關係曾經存在，是依附在訊息記錄上嗎？那麼，一竿子打翻了所有的證據，是不是真的什麼也不剩了；所有的好記憶呢？是不是也在被手指一滑的瞬間，就這樣一筆勾消了。

在大部分的感情裡成為籌碼比較少的那一方，久而久之便習慣了先搭好自己的台階，若被拒絕了，還可以神色自若的走下去。就怕那僅剩的自尊一碰就碎，若是太頻繁的碎掉，就可能再也不敢愛了。

沒有愛是對等的，籌碼都是相對的。絕大部分的時候，我們只看見自己的愛多一點、還有沒被愛回來的那一面，但當自己被愛的時候，卻不太在乎；便一直認為我們不被愛，就代表了我們沒有人愛、不值得被愛。人們越急著想得到愛，便越發不敢去愛，不敢擁有羈絆的人們渴望去愛，卻又明白天長地久的關係可能不復存在；一次一次建立又消解的關係，用遺憾填補遺憾，說的話再也不算數，從此便越愛越疏離。

我們時常忘了愛和被愛都是不能選擇的，沒有辦法努力
一點點就能被愛，或者努力一點點就能愛。用片面的認
知填補對於愛的想像，只會帶來更大的匱乏。在愛情帶
來難以解決的對自由與安全的矛盾需求中，或許可以嘗
試去分析看似每一次都是獨立事件的感情，找到自己生
命裡的脈絡、認清自己的困境與嚮往。

不要害怕偶爾迷路，把握曾經走過的路徑，期待下一次
再感到失望的時候，便能更快地找到歸途。

手臂上的記號

幾天前，室友和我說他想去刺青，這一年在加州的生活太特別了，想要留下些永遠的什麼。更年輕的時候，我對刺青的觀感不太好，剛好自己的皮膚容易過敏，便認為從此將與刺青絕緣；這幾年，刺青變得更普遍些，對於刺青的想法也從叛逆的符碼轉變成一種以身體為畫布的藝術。

在課堂上和同學隨意地聊天，他說起他會在自己的工作室幫朋友刺青，若是我願意的話，他很榮幸為我和室友刺下人生的第一個刺青。回去和室友討論之後，我們決定在各自的上臂內側，刺上一樣的加州罌粟花，他的在左手、我的在右手。加州罌粟花的花語是希望和重生，我們認為很適合作為我們一起生活的註解，也是不能忘記彼此的小小約定。

那位會刺青的朋友說，考古學家發現了秘魯的克羅文明，雖然距今六千多年了，當時生活的痕跡沒有全部遺留下來，但人們在皮膚上刺青的證據仍在。永遠永遠，到底有多遠呢，似乎對我來說還是太遙遠了。生活在城市久了，好像除了無線網路之外沒有什麼是永遠的。六千多年算永遠嗎？刺在身體上的，真的就能永遠保留下來嗎？

我想起母親和我說的一個故事。小時候母親和她的爺爺感情很好，但他卻在她還沒上國中前過世了。當時相機並不普遍，便沒有留下和爺爺的合影，她一直記得爺爺的溫柔和慈祥，但對於爺爺的容貌始終印象模糊。

但直到如今她仍會想起他，五十多歲了，仍然會在睡夢中聽見爺爺對她說話的聲音。

我在想，像這樣想念一個人是永遠的嗎？母親去年生了一場病，而那場病讓她的聲帶嚴重受損，她有一陣子會開始拿手機錄下她自己說話的聲音；她說、弟弟妹妹還小，很怕長大後他們找不到母親曾經用聲音表達愛的證據，就像她對於爺爺擁抱她的模樣始終不清晰。

我決定除了和室友一起刺在右手上臂的加州罌粟花，另外要在左手前臂刺上母親的聲音。後來母親的病好很多了，這一年在國外讀書，時常打電話和母親分享近況，遠遠地聽見她的聲音，儘管只是說一些稀鬆平常的小事，仍然覺得這是我想要一輩子記得的事情。

我請母親錄了幾段說「愛你」兩個字的語音訊息，將聲音的頻率轉畫下來。我在聲波後面加上了海浪的波紋，因為大海連接著全世界，未來我們不一定會一直生活在同一片土地，但我希望無論我身在何處，都能一直記得這樣的愛。

將加州罌粟和母親的聲波設計好後，便和室友一起前往朋友的工作室。將墨水刺入皮膚的過程比想像中的快，不到十分鐘的刺痛感，有點難以相信第一個刺青就這麼完成了。看著左手前臂的聲波和右手上臂的加州罌粟花，突然驚覺，與室友的微小約定和母親愛的提醒會陪伴著我，永遠永遠。

還想浪費一次的風景 | **輯二** ————
情感先決

每天都要確認的事

「我過去找你好嗎？現在出發的話，大概一個小時會抵達。」我看了看手錶，掛上電話後，耳機繼續播著未完的音樂，我盯著眼前跑步機上閃爍的數字，心裡算著再跑個三十分鐘左右吧，這樣回家洗個澡剛好可以趕上他抵達的時間。

他一如往常地停在家門口出來右轉幾步的地方，我坐進副駕駛座後，劈哩啪啦地說起了自己的生活。他聽著，偶爾點點頭，大多時候只是轉動著方向盤。

他是個安靜的人，多數都是我在說話，當我不知道怎麼用英文表達時，他會猜測我的意思，並告訴我應該怎麼說。我能感受到他總是在思考，有時他深不可測的神情會讓我感到害怕，但藍色眼珠裡的溫柔卻又讓我感到安心。

我的房間沒辦法收留外人過夜，因為室友希望保持單純。每次見面，他會將車子停在高架橋旁下的公路，有時午夜前他會送我回家，有時我們會在窄小的後座等待天明。高架橋上呼嘯而過的車輛和告示牌一閃一閃的霓虹燈，形成一種忽遠忽近的朦朧光源，我可以依稀看見他的輪廓，其他時候我們就用體溫和氣味判定彼此的相對位置。

因擠壓而痠痛的身軀總是伴隨著曙光一起到來，狹小而溫熱的車體，包覆著兩個相異的肉體和靈魂。我有時會懷疑自己的平凡無趣，為什麼他總是願意不厭其煩地來陪伴我。就這樣過了幾週，有時我會嘗試探問他的生活，在速食愛情的時代裡，能夠互相陪伴的人並不稀有，我不太懂他為什麼要開一個多小時的車來找我。他總是笑笑，說他只是無聊，但裡頭又透著一種執著。

084

當他握著我的手的時候，我確信裡面有一種溫暖、或是一種遺憾是我想要珍惜的。現在感受到的溫暖，若是不能持續存在的話，那便是遺憾。我已經練就了「當下」上演的同時，「未來」也要在腦海中一併預演；深怕若是他突然決定離開，我會措手不及。

生活仍然高速轉動，直到後來的某一天，在清晨的曙光中我們坐回前座，但他並沒有一如往常地發動引擎。他轉過頭問我：「你覺得感情是要每天確認的事嗎？」我當下有點聽不懂，他繼續說：「如果，我說如果，今天有另一個人出現，願意花時間陪伴你、聽你說話，你不就跟他走了嗎？這是我每天起床都要再確認一次的事，世界這麼大，我需要確認我還喜歡這個人，確認他仍是我要的人。」

他的直接讓我有些措手不及，但其實也是我一直在思索的問題：一種感情裡的不可取代性。我當下不知道該怎麼反駁，車子轟隆隆地在公路上行駛，我反覆思考著他的問題，他一如往常的安靜。

後來，他說的如果都沒有發生。沒有另一個人出現，也沒有另一個人和他一樣願意花大把大把的時間在我身上。我沒有再接到他的電話。高架橋上的車子仍然在深夜裡呼嘯而過，像是他在腦海中的模樣，不停往前、片段片段地經過。

還想浪費一次的風景　│　**輯二** ─────
　　　　　　　　　　　　情感先決

會有人愛你

生命中有些時刻，你知道會一直記得。我想，這就是那樣的時刻。眼前是你，更遠的地方是海。

站在地鐵站前，想起快看不見你的身影了，才又傾身和你說最後一次再見。可能是人生地不熟的關係，雖不是太長的交集，仍然特別珍惜。昨天晚上一起走在好萊塢大道上，算一算剛好是我待在美國整整一個月了，而你就要前往紐約。你只是抱了抱我說，「I know, but my perspective is that I'm lucky to have met you。」

想起了一個月前剛抵達美國的自己，儘管知道懂得告別才能觸及更大的世界，卻在發現心中的一些位置即將被取代的時候仍然心臟酸酸的。謝謝你在即將離開前往東岸的前幾天和我說，我們一起去旅行吧，於是在那之前一起去了一趟南加州。短暫的幾天就足以裝滿夠用的溫暖，用想念去度過往後感到寂寞的時光。

好開心你來了，陪我走這段開始的路。這份愛不一定要由你來擔，但還是謝謝你的到來，讓我知道我還可以繼續等待。在地鐵站的最後一個擁抱，在心臟幾乎貼著的位置，我剛好有足夠的體溫來溫暖你。原來擁抱是一種被需要，我靠在你的肩、你在我的耳邊說，其實我的存在是那麼重要。

在偌大的世界裡，差那麼一點就要放棄了，原來你的到來只是要告訴我，再堅持下去，會有人愛你。

分開時像個大人

破碎過很多次，仍然為了遇見你而盡力完整。直到後來獨自流浪的時光裡，才一次次回到那條路的盡頭、那個再也沒有下一段路的街口，聽清楚那時候你說的應該是：「其實我也很捨不得。」

路過一個個愛過的名字，才明白離開都是沒有聲音的，總是走得遠了，才發現已經捨得當時的所有捨不得。有過的約定讓遺憾更清晰，擁有了遺憾卻也讓當時的快樂更鮮明。在生活的空隙裡看見時間送給我們的禮物；包括看見自己的位置和模樣，以及讓每次的離開變成下次選擇的籌碼。

世界比我們想像中的大，終究沒有再遇見你了，在後來的海闊天空裡，再也沒有看見你指給我的那朵雲。我們之於承諾都太年輕，之於告別卻都來不及。

後來才看懂的祝福，便是讓我們學會： 愛的時候要像個小孩，分開的時候要像個大人。

還想浪費一次的風景　　｜　**輯二** ————
　　　　　　　　　　　　情感先決

他們說我走得太深了、太辛苦了，但我沒辦法淺淺的活著。

傷口讓我們變得柔軟，但卻是我們與生俱來的位置決定了我們身上擁有這些傷口，所以有時我並不以我的柔軟為榮。我或許不想當個善良的人，但是我必須當個善良的人。長長的路途裡有那麼幾個瞬間甘願去揹，這一生有太多的感謝和遺憾。明白生活很難、世界很壞，所以相遇的時候要互相善待。

以後我看到你的善良都會先抱抱你，因為我知道這是你用很多傷口換來的。

傷口讓我們變得柔軟

最後一次為你掉眼淚

這一刻站在舊金山的山頂上，眺望著一整片掉落在地上的星辰。遙遠地得知你要再愛了，忍不住把你再想過一遍。給你一個溫暖的名字，安放在風來的方向。

知道這天一定會到來，其實已經花了很多的時間和準備去說再見。

明白不管物理或心理距離，我們已經離彼此很遠了，所以這一刻我才能勇敢地把所有快樂再次記得，也還好中間隔著一千多公里的海洋，不然我一定會衝過去抱抱你、和你說其實我還是很捨不得。

這是我最後一次為你掉眼淚了，所以特別想把回憶都洗乾淨。好開心你走到新的起點了，也希望你不用擔心我。今晚的星宿都祝你幸福，其餘的燈火會陪我走下一段路。

不特定日子

「我偏愛，就愛情而言，

可以天天慶祝的不特定日子。」

——辛波絲卡

想起那天你說要愛我，我的日子便在最輕淺的時間裡，亮起了光。

Remembered the day you said you want to love me.
In the shallowest time, my days shine.

我們的唇縫仍有間隙，但還好親吻的是靈魂，
所有的浪紋深邃，但這一刻愛你無聲。

Over your ear my eye meets the wave crest,
the moment love is speechless.
There are still spaces between our lips,
but our souls are the ones that kiss.

因為你也決定靠近，所以我們稱作愛情；但其實這一切無關乎定義，
只關乎我和你。

Because of the similar frequency, we decided to call it love.
But it's not about the definition, it's only about you and me.

你是柔軟的夏天裡最和煦的光。

You're the warmest sunlight from the softest summer.

當我們的日常折射成彼此眼裡的風景，
就是一起前往未來最溫柔的行李。

When our daily lives refract into the scenery in our eyes,
it's the warmest baggage to carry into the flying time.

我們的時光太短，緣分太長，只能一次次回到相愛的光景，反覆愛你。

The time is too short but the serendipity remains. I could only go back to the love scenery continuously as I love you repeatedly.

098

夏天在你的背面，風在左邊，這一刻我剛好親吻你、在時間的正中間。

Summer is in your back, wind comes from the left,
and I kiss you right in the middle of the time.

還想浪費一次的風景

輯二 ————
情感先決

你從清晨走來，我從夜晚走去，所以我們在黃昏親吻。

我啟程前往清晨，而你越趨近夜晚，或許再也不會遇見了，
但我會在每天的黃昏想起你，歲歲年年，我們曾這樣親吻。

I left from the dark, you came from the dawn, so we kiss at the dusk.

I'm leaving toward the morning while you're closer to the night, we
might not see each other again. I'll think of you at everyday's sunset
as I remembered the moment we kissed, endlessly.

還想浪費一次的風景 | **輯二** ——————
情感先決

還好我們還有一些時間

還好我們還有一些時間去愛、還有一些時間去受傷，還有一些時間去釐清，其實根本沒有完美的人生。

以前覺得長大的人要懂得讓別人快樂，大一點後，卻覺得能讓自己快樂的人才是更成熟的。

在每天好一點、壞一點的平衡中，只要還有一點點幸運，就能提醒自己，生活除了有難過的時候，其實也有幾個想起快樂的時候。所有的愛都有期限，但我想請你記得，我們的人生也有陽光灑落的瞬間、微風吹過的瞬間，也有「啊！原來這就是幸福！」的瞬間。

請記得那樣微小的感受，想著想著，好像就可以再努力一點點、再繼續走。

還想浪費一次的風景 　　**輯二** ─────
　　　　　　　　　　情感先決

沒有終成眷屬

那天站在花店前看了許久，你靠過來問說，要不要買一朵花送我。我說沒關係，我在紐約的時間不會很久，幾週後就要走了。你想了想，說好，那我們今天不買。

幾天後你傳來訊息，說那天分開之後還是折返回去買下那朵花。我沒有再過問，只笑了笑，和你說別浪費，看到喜歡的人就把花送出去吧。照片裡的花束還是一樣漂亮，收到的人應該很幸運，並且很幸福吧！

世界上的愛不稀有，但相愛難得。

原來瀟灑地走是一種體諒，體諒我們沒有比命運偉大，太大的世界裡人們終究要走散。其實我們都只是季節的星星，亮一下就要走。忘了和你說，愛無法燎原，執著的愛才可以。那天你風塵僕僕地來，我便知道，有天你也會如此平凡地離開。趕緊上路吧，遠方的燈火還闌珊。

後來明白，體貼命運的無奈，也包括原諒時間和空間的不得已。謝謝我們都能懂得珍惜成為有情人，並同時明白不一定要終成眷屬。原來善待彼此是為了交換彼此微弱的光，至少下一段要自己走的路，我還能記得，是你曾經為我點亮。

聖誕禮物

聖誕前夕，走在零度的紐約街頭。

拿著相機在人群中穿梭，幾米外的男孩突然從口袋裡拿出一個小盒子、說了一些話，女孩哭了出來。行人來來去去，並沒有造成太大的騷動，一些人停了下來、一些人眼眶濕了，大部分的人繼續向前走。

我知道這會是他們生命裡一個最重要的路口，在洛克斐勒中心的聖誕樹旁。這半分鐘的感動，是用整個餘生換來的承諾。已經許久不相信永遠的我，心裡面有什麼東西被觸動了，原來那麼強烈的感情還存在呀！

後來女孩在網路上找到了我，來信的字裡行間隱約透出一種幸福洋溢的語調，我將照片傳給她，並附上了我的祝福。那一刻透過觀景窗看見她望著未來的老公的眼神，她大概已經得到了世界上最好的聖誕禮物。我想起了小時候聽過的許多王子與公主的故事，長大後幸福快樂的結局好像總不夠實際。遠遠地望見新娘的淚水已經滑落臉頰，她清澈的眼神像是在說，「你知道嗎，我也不相信童話故事，但我願意相信你。」

還是要繼續相信愛情呀，這世界人來人往，你只朝我的方向走來、用力拉住了我，用承諾告訴我，你會快樂，我會愛你。

白駒卡在空隙

夢裡你來找我,靠在我的肩膀上,也沒有多說些什麼,最後的場景是你陪我走出那個房間。很多小細節我都記得,例如你喜歡走在左手邊,例如你喜歡對著空氣呼氣,夢裡的你也是這樣的。

醒來後我的眼眶濕濕的,想起要分開的前一晚,我們在車子裡還是放著同樣的歌曲。喜歡是一個人的事,分開也是;一個人的決定總要兩個人一起負責,感情就是這麼奇怪,我們沒有辦法各自表述。原來好久之後的現在仍然承擔著你分開的決定,但決定喜歡的人是我,所以也沒辦法全然怪你。

我開始讀一些攝影評論、哲學和藝術史,害怕活得太感性,會習慣用太狹窄的視角觀看這世界。後來發現,很多理論或看似理性的思考沒有辦法解決我仍要面對的問題,例如我會感到自卑,例如我害怕不被愛。這些事情無關寬廣與否,我們都是平凡的人,不小心就會感到被散落。

你來到我的夢裡,其實也不到幾分鐘吧,至少可以讓我借你一個肩膀。你的話不多,所以我總是拼命地說,想讓你在裡頭找到一個空隙,能夠讓我知道其實你也需要我。

從海邊離開的時候，恰巧碰到在沙灘曬太陽的情侶。

「我可以拍你們嗎？」

女孩對我笑了一下，轉頭問身邊的男孩：

「那你可以親我嗎？」

男孩也笑了一下，沒等女孩把話說完，已經將她攬進懷裡。

二十度的陽光下，南加州的海風有著淡淡的鹹味，和著眼前親吻的他們，還有些甜甜的。

「有時候我會想，或許這就是幸福的開始。有那麼一刻才突然發覺這不是開始，這就是幸福本身。」——《時時刻刻》(The Hours, 2002)

橘色塑膠卡

離開加州前往紐約前，冬天的北加州難得下起了大雨。

我清點著行李，手機突然響起。電話那頭的他說：「我有個東西要給你，但外面下著雨，我拿去給你吧。」幾分鐘後，他狼狽地出現在我家門口，遞給我一張橘色的塑膠卡，上頭印著「SFMoMA」，背面有他的名字。是他在舊金山現代美術館的員工證。

他說，因為知道我要去紐約，難免會花門票錢在美術館上，而紐約的美術館都不便宜，有了他的員工證，大部分都可以免費進去。他擦了擦塑膠卡上的水珠，將亮橘色的卡片放到了我的掌心。「要進來坐坐嗎？」我問他，「沒關係，你等等凌晨的飛機，好好休息吧。」

我的身體還殘留著擁抱後的餘溫，就看著他踩著一攤一攤的水窪，消失在夜色中。

我一個人坐在房間裡，反覆把玩著塑膠卡，想起上次他帶我到SFMoMA的頂樓觀景台，抵達那裡要通過五樓還在佈展的施工區，穿越一區又一區的員工辦公空間。入夜後的舊金山風很大，從那個觀景台可以看見金融區此起彼落的大廈，以及小小的、準備回家的人們。

我突然想到，不對呀，卡片上的名字是一個美國人的名字，若是美術館人員不認我怎麼辦。我趕緊傳訊息給他。

「若是他們問起的話，你就說你是這位先生的伴侶。」

我盯著手機亮起的螢幕，心臟熱熱的。我小心地點開訊息，重複閱讀了這句話，知道這可能只是他下意識想到的

110

解決辦法，或是他習慣性調情說的話，但那一刻眼眶還是忍不住紅了。就算有一天還是會失去，但此刻能被一個人擁有是多麼幸運。

他隨後又傳了幾個美術館的名字、和幾句簡短的評價，和我說若是時間不夠的話，去他推薦的這幾個展吧。我坐在已經拉起拉鍊的行李箱上，決定就照他說的順序前往。

窗外的雨停了，微微的光恍惚地從地平線升起。很久很久以後，我還是會記得這一刻的感覺，偌大的世界裡被你碰著了，我們便荒唐地決定走在一起。

比永遠更遠的地方

「你相信有下輩子嗎？」

你看向我身後，金黃色的陽光沿著山的輪廓鋪排。

「我寧可不信，這樣才能好好過好這輩子。」我聽過有人說，人離開後，會回到每一個生命裡的遺憾，直到它們都被填補了，時間才會停止輪迴。你眨了眨眼，聽懂了我話裡的任性。

那麼，尚未見過來生的我們，其實已經一起到過了比永遠更遠的地方。

還想浪費一次的風景　**輯二** ─────
　　　　　　　　　　　情感先決

行為藝術之母瑪莉娜和她的伴侶烏雷（Ulay）當年在澳洲內陸的月圓下，決定了他們要去走萬里長城，一人從長城的一端開始走，在中間碰面，並互許終身。

八年後，這個一直名為The Lovers的計畫終於能夠成型，只是一九八八年的他們不如當初想像，因為兩人已經不在一起了，但他們仍然決定要完成這個計畫。經過了三個月、一天十小時的徒步，在陝西省神木縣的二郎山見面了。他們擁抱、哭泣，慶祝各自漫長的行走和苦痛，以及真正結束了十二年的伴侶關係。

我很喜歡瑪莉娜和烏雷曾經一起合作的作品《靜止能量》（Rest Energy），烏雷握著大弓箭的弦，把箭扣在他的指關節處，箭頭則指向拿著弓的瑪莉娜的胸膛。一人拉著一邊，只要有一點閃失，箭就會刺穿瑪莉娜的心臟。這是情人極致的信任表徵。這曾經是比箭穿心更強烈的愛，當瑪莉娜徒步走過那些懸崖峭壁時她在想些什麼呢？走上好幾個月，史詩般的故事到最後剩下的只是無盡的長路和自己。

我想，每段感情都是這樣的吧，無論是十二天、十二個月還是十二年，在更大的時間軸之下也不過一眼瞬間。即使心底明白有一天終要分別，仍然願意奮不顧身地前往，知道你也走過無數顛簸才來到我面前，所以我一定要好好地擁抱你、好好地和你說再見。

116

最後一首歌之前

我想讓妳知道,以後的人生會有很難過的時候,但是我記得的妳,是此刻快樂的妳;有太平洋的風,還有妳看著遠方、瞇起來的眼睛。

其實我很想說,我們再唱一首歌就好、然後再一首、然後再一首,就永遠不會抵達那一刻。當妳唱起最後一首歌的第一個音符,我已經開始捨不得。

如果未來讓妳失望了,在好長的時光隧道裡,請妳記得回來找到這個場景,我們唱最後一首歌之前,我決定要握住妳的手。

妳要記得喔,只要妳記得回來,我在這裡就永遠不會放開。

攝影輯

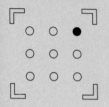

02

離焦

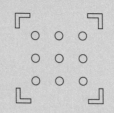

Jessy Tsai.

蔡傑曦

不知道你有沒有過那一刻，手持著相機，眼睛透過觀景窗望向鏡頭的另一邊，等待著畫面裡的物體越來越清晰。現在的我就站在那一個觀景窗前，景深慢慢地由深入淺。

我發現我總是被卡在準焦的前一瞬間，永遠抵達不了清晰的畫面。我想我是不會等到那個答案了。因為未曾真正地說明白，所以只能活在建構出的想像裡；要承擔的生活太滿，那麼，我們就朦朧地愛吧。

Out of focus

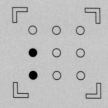

還想浪費一次一次

的風景

Back to the
scenery
once more

Jissy Tsai.

蔡傑曦 ——→ 著

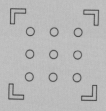

輯
三

Back to the
scenery
once more

還想浪費一次的風景　　｜　**輯三**
　　　　　　　　　　　　暗房

某次電視研究的課堂上，我們正在討論一部美國影集，同學們口沫橫飛，伴隨著助教的白板筆摩擦白板的聲音，咿呀咿呀。因為也是我很喜歡的主題，便很努力地表達自己的想法，卻因為語言的關係，能傳遞的資訊很有限。課後我十分沮喪，準備離開教室時，一位非裔的女同學叫住我，問我還好嗎。我和她說，自己並不是不知道該怎麼思考、也不是沒有觀點，只是還無法用英文完整地表達出來。

她拍拍我的肩膀，和我說沒關係，慢慢來。她是從偏遠的社區大學轉來的，整個社區大學能轉進加州大學的學生非常之少；當她的教授知道她轉到柏克萊的時候都對她說，「妳很快就會受不了回來的」。

「Though every time I thought of how far I went through to get to the school, I cried again.」她和我說，「But we are the stars, you know, that's why the school wants us.」

「We brought the diversity.」

來美國交換以完成大學學業的最後一年，和歐洲不同的是，美國並沒有區分所謂的國際學生，所有的課程都是採英文授課，自然也和當地學生一起上課討論、考同一份試。並不否認這份幸運，例如擁有機會和資本，才能經歷這樣的旅程，但時常的不安和挫折也是真實的。許多我引以為傲的資歷和優勢，在這裡並不適用。

我的求學歷程沒有太多崎嶇，大多時候只要努力一點都能克服。並沒有人告訴我，其實偶爾失敗了也沒關係。到異地後才逐漸開始面對，撕掉漂亮的、令人舒適的標籤後，自己剩下的樣子。然後才重新記起，這不就是我為什麼要離開的原因嗎？告別太安穩的舒適圈，重新面對自己的不安。跨越物理的、文化的、語言的隔閡與屏障，才能收納更多世界的樣貌。

「We are the stars, we brought the diversity.」
我們是星星、我們是掉落在汪洋裡的星星。

02/15

尋路

離開Napa酒莊後，我們開車前往幾十公里外的海岸公園。一車四個人除了我以外都是德國人，他們為了體貼我、一路都使用不太流利的英語對話，我發覺之後便假裝睡著，閉眼沒多久後便傳來語速明顯快上許多的德語。

突然聽見快速翻動紙本地圖的聲音，大概是迷路了吧，野外沒有訊號，我們只能老派地依靠印刷物上的線條找尋將要前往的目的地。

不知道睡了多久，身體感受到原本快速移動的車子緩和了下來，睜開眼，發現兩隻馴鹿正經過我們。

一望無際的草原上，牠們邁著步伐經過，我們不動聲色地坐在車廂裡觀看著這一幕悄然發生。後面的那隻馴鹿並沒有因著看見外來的人類而快步離開，反而停了下來，用一雙明亮的眼睛看著我們，透露出無比的好奇。風吹在牠柔順的毛髮上，牠就這樣靜靜地盯著我們看。

我想起關於攝影，有人教我們怎麼調整各樣參數、怎麼使用棚燈，但，卻沒有人教我們如何將鏡頭轉向，不避諱地直視人生。我好希望可以像這頭馴鹿一樣，擁有觀看並面對真實人生的勇氣。

直到第一頭馴鹿走遠了，牠才慢慢地移動身軀，彷彿天性仍然提醒牠可能會發生的危險。我們繼續往前開，原本就不茂密的樹林更加稀疏了，伴隨著潮濕的氣味，我們好像終於越來越靠近海岸。

124

I Want to be Your Friend

And I said to my body, softly, "I want to be your friend."
It took a long breath and replied, "I've been waiting my whole life for this."

——Nayyirah Waheed

成為攝影師之後，我不再拍自己的照片了。攝影對我來說不僅是氛圍的建立，更是一種美的視覺體驗；諷刺的是，它也提醒了我，自己並不符合心目中的審美標準。何謂「美」？這個名詞難以捉摸，每個時代下那些美的特質，也會依據文化的更替而有所差異和轉移。攝影是一種追求美的創作，若是攝影師將心目中認為美的事物和場景加以歸納及整理，不難看出當中的創作脈絡。

幾天前翻找一路以來的作品，發現人生中第一張用相機拍下的照片，是國中時父親買的一台二手單眼相機；為了測試相機，因而面向鏡子拍下一張自拍照。令我驚訝的是，人生中第一張按下快門竟然是拍下自己的模樣；當我繼續向下滑，我的身影便逐漸消失在這些生活的記錄當中。

法國哲學家西爾維婭·阿加辛斯基（Sylviane Agacinski）曾經提出「照片阻擋回憶」的概念，不同於以往人們認為圖像喚起記憶，她反而覺得今日人們對照片的記憶，掩蓋了他們對事物與經驗本身的記憶，照片遂成為記憶的屏障或替代品。回顧自己的作品，多少傳遞了一種對於美好生活的想像，不論是真實存在的、或只是一種氛圍的建立，這些作品反而讓我害怕面對更真實而赤裸的自己。

126

這次的作品我以自己的身體作為素材，拋開編輯和濾鏡，直視身上可見的紅斑、粗糙和脂肪，更直視了那些不安和脆弱。儘管它並不好看、也不吸引人，但這就是我。

剛開始之所以會特別喜歡拍照，便是它能夠幫助我留下生活中的吉光片羽，而這無關乎我好不好看，透過攝影才發現原來除了留下自己之外，還有那些美好片刻。沒想到這條路繼續走，仍然還是走到了這裡，我終究要回過頭來面對一直不敢也不願面對的自己。常聽人說，創作的第一步便是對自己誠實，很開心我跨出了這一步。

我還想說一件很小的事，但每當想起它都很巨大。與自己的身體和解是一條很長很長的路，我還沒有抵達，也不知道會不會抵達得了。只是想要藉由我小小的聲音說，不喜歡自己的身體沒有關係，這條路很長，我們可以慢慢走。

給你，

再次看見這個作品，已經是幾個月後了，還是覺得當時的你好勇敢，毅然決然就褪去衣服，面對那個一直不敢直視的身體。還記得那時和教授討論這個作品時，她掉下了眼淚，抱了抱你，或許這是個在別人眼中看似很簡單的作品，對你來說，卻花了好長的時間才走到這裡。

後來你回到了台灣，開始健身，開始嘗試接近主流的審美模樣。不知道那時的你知道了會不會氣餒，會不會覺得我們終究抵抗失敗了。

身體一直以來都是這一路走來很大的功課，我一方面很開心你終於決定起身去做一些改變，另一方面也要和你說，如果有天你決定不要嘗

128

試去接近大家喜歡的模樣了，那也沒有關係，我會在這裡陪著你。

在大眾的追求越來越相同的時代，用自己的模樣活著就是一種微小的抵抗，那樣的抵抗是無比珍貴的。例如喜歡自己並不完美的身體，例如堅持自己相信的、並不主流的信念，它可以悄悄地鬆動看似堅不可摧的價值結構，在過度追求集體性的世界裡，聽見不一樣的、細微的聲音。

最近覺得自卑是比自信更迷人的特質，接納自己其實很平凡，總會有對自己失望的時候、會有討厭自己的時候，而那些都沒有關係。以前覺得不在乎任何事的人很勇敢，後來覺得活著還是要有點在乎的事，生活才不致於絕望。

不知道未來的路會怎麼樣，但希望讓你知道，我並不奢望你能夠一直去愛，如同我們並不永遠被愛。世界不一定會了解你，所以希望能在看清生活後，仍然被自己喜歡。

2020.1

萬中選一的瞬間

室友生日時，他邀請了幾個朋友一起到舊金山聯合廣場附近的餐廳吃飯，平時我們的生活開銷都並不寬裕，很少有機會上館子吃飯。餐廳位於聯合廣場旁百貨公司的八樓，十一月底的舊金山已經點起聖誕燈，等待的時光我們就貼著玻璃看著廣場上溜冰的人們，以及繞著巨型聖誕樹旋轉的彩色燈光。

吃完飯後，我們沿著Market Street走，原本計劃到附近的酒吧續攤，卻因為抵達的時間超過了優惠入場時段，我們便決定到附近的超商買幾瓶香檳過過乾癮。因為在加州公開喝酒是不合法的，我們便紛紛從背包裡拿出保溫瓶來盛裝還浮著氣泡的廉價粉紅色液體。

我們聊起了自己的家鄉，聊歷史、聊文化、聊生而為人的共同情感。來自世界各地的我們，好像突然找到了互相理解、共感的地方。我們一邊打著哆嗦，一邊乾了保溫瓶裡的酒精，暈黃的燈光下看著彼此泛紅的臉頰，這群來自異地的遊子顯得特別靠近。我忽然覺得，那一杯是我喝過最昂貴的酒，並不是酒本身要價多少美金，而是組成那一刻的所有元素；我們都剛好在這裡，從世界的各個角落浩浩蕩蕩地抵達，並且一起分享這個時刻。

我們熱烈地討論對於未來的許多想像，我也同時明白，這些想像是需要付出代價的，但幸好我們還年輕，幸好我們足夠幸運。

並不是來自一個特別富裕的家庭，更沒有想過能夠在這麼昂貴的國度生活，我在想，若不是今天我們都在這般如此揮霍的時光、若不是我們都有一些資本能夠來異地讀書、若不是今天剛好錯過了酒吧的入場時間，我們便沒有辦法一起站在遙遠的街頭搖晃著手中的超商廉價酒精，談論著彼此生命裡的許多可能。

回家的路上下了點小雨，和室友分享同一把傘，我突然有點捨不得這一晚就要這樣結束了。「生日快樂。」當我祝福他的時候，我們已經坐在各自的床上，他起身抱了抱我，「謝謝你陪我一起過生日。」

知道這些萬中選一的瞬間得來不易，便更加懂得珍惜和擁抱；儘管知道這條路繼續走能帶上的並不多，甚至丟失彼此也是必然的，但仍希望我們都能勇敢地長大，在以後各自的人生裡更飽滿地抵達。

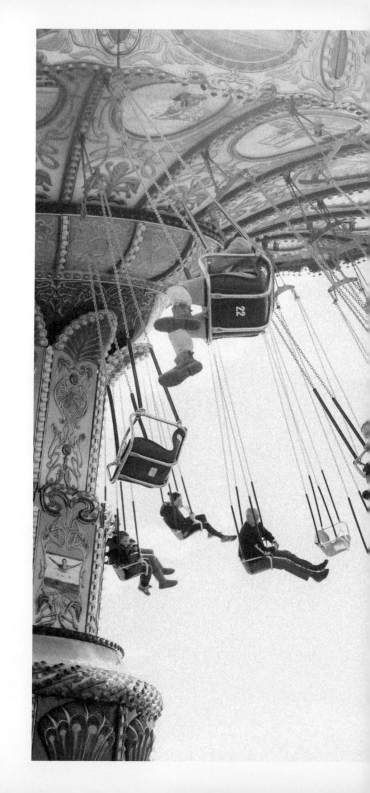

還想浪費一次的風景

還想浪費一次的風景　　輯三 ────
　　　　　　　　　　　　暗房

在這個什麼都很快很快的時代裡，偶爾還是要談一場很慢很慢的戀愛。好多人走得太急，趕著上好大學、趕著擁有好工作、趕著結婚、趕著生子，趕著趕著，我都想問，到底要趕去哪裡？

慢慢走才能發現，有些矛盾永遠解不開，稍微繞過受傷的地方，去經歷幸福也經歷遺憾。當撞上了世界的複雜，偶爾難過沒關係、偶爾憤恨也沒關係。去接受出發了不一定有目的，事物不一定有意義，問題也不一定會有答案。

更重要的是，我們要學會等待。好好地去認識一個人的靈魂，好好地呼喚一個人的名字，好好地體諒彼此的脆弱和不安。去擔起維繫一段感情背後的犧牲和妥協，同時去明白，擁抱幸福的同時也要接納衝突和無奈。

帶上驕傲也繫著卑微，牽著手同時也各自走。你看著呢，路途還漫漫。

我沒有像當時想的一樣

你離開之後，我沒有像當時想的一樣：我又愛了許多人。

我在許多相似的街角、遇見許多同樣溫柔的人，當他們擁抱我的時候，我的心臟還是會跳；你曾親吻過的地方，陸續被其他嘴唇觸碰。我花了一些時間、終於沒有在他們的眼神裡看見你。好多一起走過的路徑我都忘記了，只能大約記得按下快門的相對位置，場景與場景互換，被時間搖晃成一片模糊的地圖。

但這一刻是屬於你的，所以我清空了心底的每一個房間，自己安靜地待著。如果你在的話，我會想要擁抱你，可惜你不在，所以只能簡單地問候遙遠的你。

這一刻很想念你。

如果你先消失了

他說，他會找到我。

「如果我們其中一人決定先消失了呢？」「那我們得學習體諒對方的不得已，明白每個人都有自己人生裡的選擇和難關。」

陽光灑在他身後金黃的海面，一閃一閃的。我想我會記得你的背影，這樣就不用知道其實你離開的時候也會難過。往後在浪之間不小心想起你時，就得在下一個波峰來臨之前把你忘記。

我們很用力地擁抱，很用力地去記得，我們曾在這裡相愛，卻也從這裡分開。

138

還想浪費一次的風景　　**輯三** —————
　　　　　　　　　　　　暗房

決定離開

他們分開了。

如果可以的話，我現在想走到她家門口，抱抱她，和她說沒關係，日子還是會繼續。我講什麼話都顯得不合時宜，畢竟我不是那個正走過曠野的人，便只是握著電話，在她的啜泣聲裡試圖找到空隙說點安慰的話。

對於分開的感覺有點陌生了，好像還能依稀記得那些隨時覺得被掏空的日子。那時我們曖昧了好長一陣子，但突然下定決心不再聯絡了。以為還要再來回好幾遍的路，其實也只是不甘也不敢相信這就是盡頭了。

那天在他的生日會上，他的親朋好友都來了，大家唱著歌，我的腦中浮現這一年多來的光景，我很驚訝我們竟然參與了彼此生命裡這麼多的重要時刻。我們時常混淆時間與空間，例如我們會說，走向未來、回到過去，這其實是用空間的方式詮釋時間；但那一刻並沒有被混淆，我們仍然在同個空間裡，你已經變成不愛我的你了，而我仍然停留在過去的時間裡。

我突然明白，往後的人生，還會有千千萬萬次像這樣的場合，眾人會持續地來到我們的生命裡，但總要明白的是，在一起是偶然，分開才是必然。幾次失戀、幾次手足無措都是沒有關係的，說得瀟灑，但到底都是難的。

她在電話那頭含著淚說，那我再試試看吧。儘管難過，但仍然願意承擔自己的選擇。原來決定離開是一瞬間的事，左腳尚未跟上右腳踏出去的速度，新的一條路已經展開。

09/15

優越行走

晴朗的午後，我們在一門課裡玩了一場遊戲。遊戲的玩法是所有人牽起手來圍成一圈，圓圈中間有個中心點。我們有二十多人，圍起圈來幾乎要佔滿整個圖書館前廣場。

遊戲的進行方式會由一個主持人問問題，一百多道問題涵括了性別、種族、階級、年齡、教育程度、家庭背景，以及各式各樣的身分標籤。只要符合題目的敘述，就可以往中心點踏一步，例如，我的母語是英文；我從來沒懷疑過我的性向。有些則是符合的話，向後退一步，例如，我曾經因為擁有理想身材而飢餓；我曾經因為經濟狀況而跳過一餐。

有時我會離中心點近一些，例如問到教育程度、問到年齡；有時我會離中心點遠一些，例如問到性別認同、問到種族（當然也不是絕對的）。直到某些時刻，與身旁同學牽著的手再也牽不住了，只好緩緩地鬆開。

我記得非常清楚，在被問到：「和別人初次見面時，我認為別人會先看到我的膚色。」班上所有的亞裔同學都向後退了一步，我想起剛到美國時，那種因為膚色而格格不入的感覺，在全班沉默的短短幾秒鐘裡被無限延長。

當被問到「我曾因為性別認同而⋯」時，我幾乎是還沒聽完問題就自己向後退了一步，而後才看見幾公尺外的同學遲疑了，不好意思地向後退了一步。那一刻的矛盾，是明白即便我向後退了，仍然是相較之下幸運的，因為我已經能誠實地面對這個身分裡受壓迫的自己。

那是我到如今抵抗了多少雜音和眼光才能直覺退後的一步，如同每一位同學在每一次決定向後退的瞬間，腦海裡跑過了多少拉扯與曾經有過的不安。

遊戲結束後，幾乎所有人都因距離而被迫鬆開了手，零散地散落在廣場的每個角落。比較靠近中心點的人，臉上也沒有開心的神情。我想起遊戲開始前，我們被提醒的兩件事：一是並非所有的身分都能夠被代表，二是這個遊戲的目的不是要加諸罪惡感給任何人。

優越行走，英文叫做「privilege walk」，privilege這個字有與生俱來的特權之意；說是行走，便是往前踏一步，就有更多機會接近社會核心的位置。這個遊戲有許多不能涵括到的問題，但已經很概要地具象化了社會上各式各樣的標籤，用資本主義的邏輯給予每個個體一個位置。

我想起珍奈·溫斯特的自傳《正常就好，何必快樂？》提出的疑問，如果能更靠近圓的中心點，也就是我們普遍認為的正常與潛規則，有誰想要面對比遊戲更寂寞的現實？

有些人一再地退一步，便不小心退到了社會邊緣，掉進了沒有人看見的深淵；有些人仍然在掙扎，嘗試藉著教育、社會福利，或各樣的方式抵抗生而為人的命運；有些人認命了，安分地待自己的位置上，無力地過完一生。

結構太龐大，嘗試抵抗的、社會上的雜音好像逐漸變成一種背景音樂，融入了我們的日常生活。如果可以的話，我想要拿掉自己內心的那個中心點，學著不去用那些標籤來衡量自己與他人的價值。也想回到那場遊戲中，當有人退一步的時候，走過去抱抱他，和他說沒關係，社會的眼光不一定是對的，只要你累了，隨時可以離開遊戲，聽從自己的聲音，用自己的步調和標準進退與行走。

144

學校報到時，都要填上自己的pronoun（代名詞），我很反射性地填上「he/him/his」。在中文裡我們用「他」和「她」來區分指稱對象的性別，在英文裡也有he和she之分。

當時不明白為什麼要特別填寫這一欄，直到第一堂課大家自我介紹時，都會一併地附上自己的pronoun，我才明白原來在這裡，大家習慣讓每個人決定自己被稱呼的指稱。除了傳統的「he/him/his」和「she/her/hers」，許多人會用「they/them」來表達自己並不在傳統的二元性別框架內；溝通時，我們也會用性別中立（gender neutral）的詞，例如比起「you guys」，我們會盡量說「y'all」。

我一直認為，當我們和陌生的價值觀靠近的時候，就叩問陌生的智慧。這樣的溝通稍稍地移動思想裡二元的界線，也移動了同性還是異性的界線，讓語言回歸中立，避免強化語言裡的性別霸權。

「他」（中文裡，並沒有非傳統二元性別（gender-fluid、non-binary）的指稱詞，因此，在此仍用「他」代替，但所表達的是不單純歸屬於傳統二元性別特質之自我性別認同指稱。）是我第一個認識的「they」，我們是一門討論課上的同學。他有著淡金色的短髮，講起話來，深綠色的眼睛轉呀轉的，像兩顆並行的行星。他從來不認為自己是個女孩，一年多前，他剛動完乳房切除的手術；跨性別之後的他，也不覺得自己就變成框架裡的「男孩」了，就是queer（酷兒）吧，他都這麼說。他總是穿著襯衫來上課，紅的、綠的、藍的、點點的襯衫，我們一直以為那是他喜歡的造型。直到有天他穿著紅色的西裝外套、裡頭搭著一件白T，我們這才知道原來是因為手術的關係，他的手沒有辦法向上伸展超過他的肩膀，因此在傷口復原前只能穿有扣子的襯衫類上衣。

「手術結束的那一刻，我往胸口看就可以看見我的心臟在跳。當下我哭了，並不是因為疼痛，而是因為這是我一直以來都想要做的事。」我的眼框熱熱的，看著他堅定的眼神，「現在我的胸口仍然比一般人來得薄，只要稍微貼近一點，就可以感受到它在跳動。」他將手輕輕地按著自己的胸口，我彷彿可以聽見微弱的跳動聲，「而這樣的脆弱提醒了我生命的珍貴，以及這一路我是如何走到這裡。」

我想起社會學曾經讀過的石牆運動、台灣的同運之路，多少前輩們用一點一點地聲音堆疊出我們現在擁有的世界。我們現在習以為常的並非偶然；生命仍然是一吹就散的，只不過有人先走了那段比較顛簸的路。我想要一直記得他的眼神，以及我們每個人生命裡最靠近心臟的地方，因為脆弱，所以明白得來不易，所以擁抱、所以珍惜。

再過幾天就是十二月二十五號，一個人在陌生的城市裡不知道怎麼過，鼓起勇氣傳訊息給手機裡一串陌生的數字，我只記得他的眼神和體溫，甚至連他的名字怎麼念都有些模糊。他說，聖誕節當天他家會辦一個小小的派對，只邀請親近的朋友，我若是沒事的話，歡迎去看看。我很想問他怎麼定義親近朋友的，但想想已經得到了糖就別再賣乖了。聖誕節當天，我帶了一手啤酒就前往他給我的地址。

小小的公寓雖然不大卻佈置得相當精緻，牆上繞著的聖誕燈不停地變換顏色。幾坪大的空間擠了七、八個人，幾個人窩在旁邊的沙發上抽水煙，剩下的人在窄小的空間裡扭動著身軀。我終於看清楚他的臉龐，黝黑的膚色有著深棕色的雙眼，他說、叫我J就可以了。他在布魯克林出生、在曼哈頓長大，爸爸是非裔美國人，媽媽是波多黎各移民，到過最遠的地方便是紐約附近的華盛頓州。

我發現他一邊耳朵戴著助聽器，也只有那一耳能聽得到，另一耳出生時就失聰了。整場聚會我都緊貼著他的右耳說話，若是音樂開到最大，我幾乎就要親吻到他的耳朵。

電視上播的是西班牙語的舞曲，搭配的畫面不是大片棕櫚樹和一望無際的海、就是豐滿的胸臀與一字排開的跑車。我跳進他們用聖誕裝飾圍起的迷你舞池，身為唯一在場的亞裔臉孔，我努力地跟上舞動節奏，讓自己的存在不要顯得突兀。我發現牆角有一位戴著眼罩睡覺的人，節奏仍規律地大聲撞擊著空氣，他的存在和安穩的樣子顯得有些格格不入。旁邊跳舞的人和我說那是J的室友，因為他們共享一個空間，室友不想加入大家便只能蜷縮在牆角休息。知道室友是韓國人，我突然安心了點，怕被外貌種族歸類，但仍在心裡下意識地將人按照刻板印象分門別類。

後來我有些醉了，恍惚中派對音樂仍轟隆作響，我們親吻的時候，J會用沙發上的毛毯遮擋住眾人的目光，但明明大家都看到了。離開時，

他和我說今年有機會的話希望能來加州找我，或許有天也能來台灣，
這種話實在聽多了，我只是笑笑說好啊，那記得跟我說。

隔幾天後紐約開始下起雨，我打消了原本到時代廣場跨年的念頭，剛
好J傳訊息來，要不要一起到他朋友家的家庭派對。我們先約在J的小
公寓，抵達的時候我幾乎濕透，一邊用吹風機吹著自己身子，一邊發
現牆上的聖誕燈已經不再閃爍。一起預備的除了他和那個韓國室友
外，還有一個名叫Mia的哥倫比亞女孩，她是J從小的好朋友，聖誕派
對那天她也在場。第二次碰面她依舊很活潑，不停地在我面前更換裝
扮、問我怎麼搭配比較好看。

當Mia換到一件粉紅色的網狀外衣時，廁所裡傳來J和韓國室友的爭吵聲，那是我第一次聽見他的室友講英文，帶著很重的口音，大致是在爭吵聖誕節在家裡辦派對應該先和他討論，不該讓這麼多人在家裡喝酒。J偶爾反駁，大部分時間則是他的室友用不太流利的英文抱怨。我和Mia面面相覷，因為聖誕節當天我們都在場，Mia說他們已經當了三年多的室友，但到最近仍然一直為了這樣的小事爭吵，我其實好奇的是這不該是一開始就要溝通和磨合清楚的事嗎？

他們一直吵到將近十一點，幾度吵到近乎要打起來，眼看就快要午夜，我和他們說，先過去派對吧，就要過新年了。Mia叫了計程車，我們四個人坐上了車，J在車上不停和我道歉，但就是不和他的室友說一句話。車裡的氣氛比窗外的空氣更冰冷，我在凝結的窗戶上用手指畫著圈圈，透過滴著水珠的弧線可以看見窗外走動的人們，我在想，他們是否已經開始期待新年，還是尚懸著未解的心事等待倒數前完成？

派對的氣氛很棒，我幾乎要忘了剛才他們的爭吵。就像好萊塢電影裡所描繪的紐約溫馨跨年派對，我在酒精的催化下忘情地加入大家，稱不上華麗的家庭擺設，不同膚色的人一起抽著煙，有人跟著節奏扭動著身軀，大部分的人溫暖地祝賀彼此。

倒數前打開了電視，時代廣場上的水晶球聚集了整個紐約人的目光。雖然時代廣場正下著雨，鏡頭帶到的人們都仍然維持著無比期待的神情。J走過來牽住我的手，五、四、三、二、一，水晶球掉落，窗外放起燦爛的煙火，我們同電視裡鏡頭帶到的情侶同步親吻和擁抱，像一種必須執行的儀式，但我也確實感到溫暖。

後來我有些醉了，離開派對時已經凌晨四點多。

外面仍然下著微微的雨，Mia走在最前頭，我們三人跟在後面。我能感受到J喝多了，剛開始他只是在嘴中碎念，我有些聽不清楚，後來才辨認出他是在抱怨身旁的室友以及爭辯那場還沒落幕的衝突。他的室友走在J的另一側，剛開始因為知道J醉了，還有些不以為意，直到他的抱怨逐漸轉變為辱罵，出現的用詞連我都覺得不太恰當，室友的神情開始變得凝重。

當我察覺事情不對勁時，J的室友已經拿起手上的雨傘，往他的頭上打下去。

這個場景始終無法在我的腦海中消除：新年第一天，紐約的凌晨街頭，眼前兩個男人在街上扭打，其中一個還疑似是我的約會對象。

十幾分鐘過去，我和Mia拼命地想將兩人分開，途中經過的路人差點報警。直到室友的一拳，將J的助聽器打落，他幾乎完全失去聽力，兩人的扭打才暫時落幕。室友氣憤地站在旁邊，卻也慌張地杵在原地不知所措，我和Mia只好趕緊打開手機手電筒，在濕漉漉的街道找尋那台小小的精密儀器。

我混亂的思緒隨著映照在街道上的手機燈光匯聚又離散，一邊打著哆嗦，一邊想辦法抵抗因著酒精而想要嘔吐的感覺。

Mia終於在水溝蓋旁找到助聽器，我們將J留在原地冷靜，室友說他今晚不回家了，回去只會再吵一次。我和Mia只好兩個人走去搭地鐵。我坐在車廂裡試圖冷靜，Mia在我身旁滑著手機，看起來並不特別驚訝。過了幾站後，她終於開口：「你知道他們是什麼關係嗎？」她問我，「室友？」我沒有想得太多，只是覺得這個問題來得莫名其妙，「你都看見他們打架了，我想應該讓你知道。」「什麼意思？」她停頓了一下，我看見她的臉上浮現令我無法解讀的神情。

「他們結婚了，而且已經三年多了。」

我困惑地看著Mia，她正望向前方的車窗，被車窗隔開、不停倒退的隧道像正在播映膠卷底片，只是上頭一片漆黑，什麼都沒有。她深深地嘆了一口氣，我還在

152

試圖釐清那句話的意思，但腦海裡的小宇宙已經開始爆炸，比剛才的時代廣場煙火更燦爛，但在現實生活搖晃車廂裡的我們卻也顯得更黯淡。

Mia說，J一直以來都很喜歡亞洲文化。幾年前他存了一筆錢到韓國玩，回到紐約時幾乎身無分文。因為聽障的關係，他沒有辦法做很複雜的工作，於是到處打工，那時剛好在韓國城打工遇到了從語言學校休學的室友，室友便收留J到他家住一陣子。剛好碰上室友的簽證到期了，若是不回到學校讀書，便要被強制驅離；長期以來J的經濟狀況都不太好，當時也迫切需要室友的收留，但他的室友若是沒有簽證的話便無法合法居留，他們討論過後，只剩下唯一的辦法：

他們決定結婚，一個異性戀韓國人、與同性戀紐約人。

之後的幾天，我一直沒辦法睡好，Mia的那席話像是一個故事的結局，我拼命地向前搜尋可疑的線索。例如我們親吻的時候，J應該是要擋住他室友的目光，儘管他們沒有任何情感關係；例如，J在檢查完身分證時總會快速地收入包包；又例如，第一次在酒吧遇見他時，他的朋友都說他是那間酒吧的地頭蛇，每週五晚上都會準時報到，或許那是他在繁忙的工作以及不見光的伴侶關係之外，唯一能用自己的身體和身分去接觸世界的時刻。

我還來不及和J討論這件事，但Mia大概是和他說我已經知道了。平時非常溫和的他，變得更加小心翼翼，只有在睡前喝過酒後才會變得比較情緒化，他會抱怨他的生活、他的工作。隔天早上醒來的第一件事便會問我，他是不是又說了什麼不該說的話，然會用他深棕色的眼睛看著我，和我說抱歉。我說沒關係的，我都能理解。

但我真的能理解嗎？於是我開始思考什麼是感情、什麼是婚姻、什麼是種族和階級、又什麼是自由？在這一面打著自由、民主的國旗之下，所有可見的、不可見的階級及標籤裡頭，儘管我們只能站在自己的立場，主動或被動地做出有限的選擇，但每一個角色其實也只是想儘可能地平衡與生活。好萊塢描繪的美國夢總提倡著一種對於愛和自由的追尋，但這樣的追尋是不是奠基在某個階級之上的幸運，在更大的結構底下，更多的只是壓迫和無奈。

即將離開的前一晚，我依舊靠著他的耳朵說話。我問他以後會不會想念我，他問我能不能再多待幾天；我其實還有其他問題想問，但就算釐清一切，大概也永遠不能理解。所以我只是靜靜地靠著他，聽著他睡著的呼吸聲，我想人們只有在睡著的時候是平等的，因為我們都同樣脆弱。

隔天早晨我一樣陪他走路去上班，我拖著行李箱，目送他走進速食店工作。之後，他跑了出來，遞了一個漢堡給我。我突然發現我的闖入終究沒能改變什麼，他依舊要打兩份工、依舊要面對他的韓國伴侶、依舊要負擔超過重量的貸款以及人生，然後也許，依舊每週五會到那個我們相遇的酒吧，去遇見下一個他能夠真心喜歡但不能擁有的男子。

「記得喔，我要去台灣找你。」他推著速食店油膩的玻璃門，棕色的眼睛還是一樣深邃，如同我第一次遇見他時那樣，沒有一絲無奈和破綻，像玻璃折射中的紐約市景，透著閃耀的光線。

12/15

沒有秘密的人

藏在很裡面的秘密不小心被挖開了，看見你赤裸地站在裡面，把一片一片被刨開的痂再貼回傷口上。

立場讓我們把不經意都解讀成惡意，然後站在惡意面前，逐漸學會把巨大的不安切碎，然後不掉眼淚地咽回去。這個世界讓幸運的人看不見他們的幸運，讓他們誤以為那是自己的努力。

總是想要喊你的名字，看看你會不會回頭，只要你看了我一眼，我就捨不得走。有時候希望你再也不要回頭了。但是我最害怕的，也不過是從此你再也無法聽見我。直到不

知不覺走到了再也呼喚不到你的地方，才明白最後那句再見是不會被說出口的。你聽不到了，我也不再說了，那便是最後的再見。

大人們總說年輕時很愛犯錯，長大後才明白，後來便無法、也不敢再那樣地活。我明白你也後悔長大了，已經沒辦法恢復原狀的我們，揹著殘骸一路走到這裡。如果再遇見你的話，希望能夠抱抱你，也請你要抱抱心裡的自己。

希望有天我們都能夠成為沒有秘密的人，所以在記憶面前都不用選擇離場。

還想浪費一次的風景　　｜　**輯三** ──────
　　　　　　　　　　　　暗房

為了訓練自己跳脫既有的美感框架，我開始一個拍攝練習：走幾步路，當發現了想要拍攝的畫面，就逼迫自己將鏡頭轉向，拍攝同個時間點發生的不同場景。

網路時代，日常生活總是面對著手機螢幕，對於美感的建構大多來自於各式各樣的視覺媒體；速食文化下的美感體驗是相對扁平的，能夠吸引我們眼球的不外乎就是擁有特定特徵的影像。

攝影作品的觀看有一個特點，那便是當我們專注地凝視一張照片時，照片也會反過來凝視我們。但在講求同步更新與資訊爆炸的媒體時代，大多的時間我們只是快速地滑動手機和螢幕，非常要點式的截取想要吸收的資訊，並沒有辦法好好觀察一張照片裡的訊息，而創作者為了更快地獲得關注，潛移默化中，也被某種特定的形式美所制約。

剛到美國的時候拍了一系列人像街拍，順從我的直覺捕捉下，街上所有看起來「美」的事物與畫面，回到家整理毛片才發現，十張照片裡有八張是白種人，更多的是情侶或小孩。儘管舊金山作為一個移民城市，種族比例是相當平均的，白人並沒有想像中的佔這麼多數；然而，我的腦海裡已經建立了一套對於「美」的審核機制：鼻子挺是美的、皮膚白是美的、情感濃烈的畫面是美的。

這才發現我對於美的詮釋是如此的被制約。例如對於西方異國生活的美好想像，已經習慣性地複製主流審美告訴我的美。攝影史上其實不乏有許多攝影師在挑戰觀者對於美的想像，例如黛安·阿巴斯（Diane Arbus）專門拍攝看起來有缺陷的人，作品隱約展露一種痛苦、怪誕和精神異常；欣蒂·雪曼（Cindy Sherman）除了早期知名的扮裝影像，近年也在社群媒體上傳由她自己所扮裝、後製而成的詭異人像，扭曲的臉頰與雙眼，讓我不禁反思什麼才是美？又攝影藝術真的只是在追求美嗎？

好奇的雙眼，擷取想像中的理想畫面，卻忘了觀看生活的原型；美有時接近「善」一點，有時候，則更接近「真」。這樣的練習讓我能夠跨出舒適圈，嘗試鬆動腦中已經固化的意識形態和美的想像。喜歡這樣小小的美感練習，等待真實的世界對我說話。

14/15

保持憎恨

經過許多身體，決定不去觸碰；太快跑到終點，就不知道可以從哪裡再出發。擁抱到這裡就好，只是要確認體溫還在。讓你心碎的方法，就是讓你先愛上它。

知道未來總會各自向前，便懂得你仍在身邊的時候，我們要把快樂再活一遍；生活有快樂的時刻是為了能夠期盼未來、有遺憾則是能專注於當下。還是要頻頻回望，但不沉溺於過去，知道以前的我沒辦法安慰現在的自己，用力活著，才能感受到生命確實正在經過。

保持憎恨，一如你一直熱愛。

同學和我說她實習的藝廊今晚有個聯展開幕式，我們的助教也有參展、問我要不要一起去。下課後，我們幾個同學便一起搭車過去，就在舊金山現代美術館附近的一個小藝廊。小小空間裡，人並不多，大多是熟悉的面孔。

創作的媒材很多，有一些是攝影作品，但大多是混合媒材。例如，助教的作品便是一個個織品鑄成的模，再用堅硬的水泥灌進去，因此，看似柔軟的輪廓其實是堅硬無比的。他是這麼介紹作品的，想要探討材質的既定印象以及作品瞬間的永恆性。我聽到某些段落時很感動，或許是裡頭談到的創作狀態是我所嚮往的。

我的助教在大學時是讀織品系，研究所才決定要往純藝術發展，因此，他的作品很多都和材質有關。記得一次去他的工作室參觀，他談到他從設計專業決定要走向純藝術時的矛盾，其實他的作品並不能帶來什麼收入，所以他需要一邊申請獎學金，一邊打工才能維持創作。

我想起自己在創作上遇到的瓶頸。

很幸運的，我在開始創作、開始拍照的時候就擁有了一些觀眾，所以剛開始並沒有意識到市場之於我的影響。真正的轉捩點是到美國後開始學習學院裡的審美，教授提醒我創作並不是在拍商業廣告，我需要有意識地去觀察自己對於美的再製。我才試著去思考為什麼印象裡對於藝術的想像都是與商業互斥的，然後一個問題總是帶出更多更複雜的問題：整個社會脈絡下的藝術應該是什麼樣子、為什麼我在美國街拍時會下意識地將鏡頭瞄向洋人、我心中對「美」的想像是怎麼被建構的、政治正確的極限在哪裡、創作真的能夠政治正確嗎？

162

課堂上，教授曾經提到啟蒙運動後四百年來的藝術傳統，現代主義便是要追求作品能夠帶來獨創性的價值，反社會、反媚俗的文化傳統也造就了藝術在某些層面上的高傲與孤芳自賞。直到七〇年代全球學運後，這群曾經反叛的藝術家進入到就業市場，資本主義更高速地運轉，此時後現代主義藝術開始強調去脈絡化、自由，讓藝術走進社會、與大眾對話。原本想社會革命的藝術思潮則回到了學院，學院裡的藝術仍然秉持著現代主義的傳統，因此，還是會碰到藝術與市場審美上的差距。

後來逐漸理解，許多答案並不是「是不是」或「有沒有」那樣二元對立，從不同的脈絡來看同個問題，也會有截然不同的答案。

我想我遇到的矛盾，便是在於既有一些創作上的想法，又希望這些想法能養得活自己。無法把掌聲和想做的事完全區分開來，因為還沒有辦法放下任何事都以賺錢為前提的思維；資本主義發展成為主流與顯學之後，為了計算生產所有的概念都被數字化，我們發問「這個作品好嗎？」「這是個好工作嗎？」其實背後真正的問題是「這能不能賺錢？」，我們已經被訓練得容易根據產值來評價事物的值得與否。

十八、九歲的男孩會長大，陽光和溫暖被留下之後，仍然要面對往後人生裡的矛盾。我想起作家蔣方舟曾經說過：「一個作家是如何死亡的？從重複自己開始死亡。」有時看得太清楚觀眾想要看的，一昧地討好觀眾，我會覺得自己只是個寫文案的人、或只是很機械化地複製某些曾經得到掌聲的主流審美；並不否認市場的聲音是一個聲音，觀眾的反應也的確會影響創作者的決定，但我有時會害怕太靠近地去聽，會讓我聽不見自己的聲音。

我站在一個又一個的雕塑前，想著藝術家在創作它們的時候，有沒有把觀眾放入考量呢？又或者，有沒有想過他們能轉換成多少收入呢？藝術和資本是對立的概念、還是同個概念？我想這些問題不會有答案，也不會有正確答案。其實這與我們的人生很像，有很多有解和無解的問題交會的軌道。有解的我們可以用累積的、體會過的知識來解釋，無解的就慢慢沉澱，讓時間緩緩地開出方向。

現在的我只想要回到幾年前那個沒有人認識，拿著相機，就決定單純地看向鏡頭裡、按下快門的男孩，問問他、你會怎麼做？

Back to the
scenery
once more

記憶顯影

還想浪費一次的風景　｜　**輯四** ————
記憶顯影

他和我聊起他的困境，我在他的描述裡頭看見曾經的自己。生命裡總有一些時候，特別熱切地想要得到肯定。太期待他人的眼光，便沒有辦法好好地看清楚事物的價值。

一直記得人生中的第一場分享會結束後回到家裡，收到了數十則讚美的訊息，年紀輕輕的我又驚又喜，裡頭摻著一些不知所措。那時我正在面臨自己生命裡的難關，內外在的矛盾在那一刻我突然明白，啊！再多他者的評論，不論是讚美或批評，都沒有辦法幫我解決我人生裡的困境，有些事終究是自己人生裡的事。

那一刻的頓悟影響了我在往後的日子裡，當身旁的朋友仍然在意、追求標籤時，我能夠更快地明白那些並沒有辦法代表我是什麼樣的人；反而轉向尋找有沒有一些執著，或是一些純粹，是我認為更重要的。

我們已經很習慣用社會的思維來衡量事物的價值，更高的薪水、更好的學歷、更多的追蹤者，「效能」、「產值」、「競爭力」等原本拿來形容機器的詞彙被拿來描述人。在這樣的脈絡之下，我們當然會害怕自己被取代，永遠沒有比較完的一天。人並不是商品，許多生命裡的選擇與事物的價值是沒有辦法用數字衡量的，有些時候更是沒有辦法把每件事都賦予意義。

我想到尼采說的「Amor Fati」，也就是「熱愛命運」。那是一種對於生命的執著，相信生命的帶領，不過度去追求事物的意義，有時更是接納沒有意義也是一種意義。將生命的主導權奪回，跟隨自己的心，不盲目地追求他人的模樣，也不用他人的度量衡來衡量自己。

「這也是我慢慢在學習的。」我和他說，不急著向誰證明自己的價值，更多的專注在我認為重要的事物上，有些事物或許沒有辦法為我們帶來立即的功成名就，甚至一輩子只有自己能明白其中的價值，但或許能擁有一件熱愛的事，那便是我們身為一個個體，最獨特而美麗的地方。我想起老師在課堂談起尼采時說，「熱愛命運，便是和生命中尖銳的東西一頭撞上。」

還想浪費一次的風景　｜　**輯四** ─────
　　　　　　　　　　　　記憶顯影

最近因為想要重拾素描，便決定翻找以前拍過的照片作為素材。這個過程其實是反過來的，攝影術被發明出來的時候取代了部分繪畫，而攝影術也被攝影之父塔伯特（William Henry Fox Talbot，1800-1877）稱為「光的素描」。

盯著照片裡昏黃的光暈，好像突然回到那個初秋的午後，母親望向父親的同時，朝我的方向走來，身後弟弟妹妹正在田埂中奔跑。

幾天前被問到帶著相機會不會無法純然地享受風景，這個問題的答案是矛盾的，但總有一些時刻、例如現在，覺得還好有相機，讓這些當下的溫柔能夠被記得。兩年後的現在，母親已經不是當時的模樣了，但被擷取出來的時光卻能夠延長場景裡的愛意。

每每望向這些被捕捉下來的神情，便覺得母親在歲月裡的柔軟和堅毅，是漫漫旅途中，一瞬間與一輩子的提醒。

八小時與千分之一秒的辯證

一八二六年，法國人涅普斯（Joseph Nicéphore Niépce）從家裡的閣樓拍下了窗外的光景，經過了八小時的曝光時間，誕生了人類攝影史上的第一張照片，名為「萊斯格拉的窗外景色」（View from the Window at Le Gras）。

我曾經在舊金山現代藝術博物館看過荷蘭藝術家Erik Kessels的裝置作品「24 hrs in photos」，他將臉書上一天之內所有用戶上載的照片全部下載，輸出成4x6大小的照片，成千上萬張的照片堆滿整個展間，用實際看得見的照片山來提醒我們一天製造、流通了多少影像。涅普斯大概沒辦法想像吧，在一百多年後的現在，不到千分之一秒的曝光就能完成一張照片，與八小時比起來是近乎千萬分之一的時間。

不論科技進展得多快，都驗證了我們不停地用照片來見證和記錄我們所看到的世界，不管是八小時或千分之一秒，與真實世界仍然有著時間差。

我曾經聽過一個理論，那便是我們只能活在0.1秒後的世界。我們的視網膜連結影像後，傳到腦後方的視丘處理視覺資訊，這個程序必須花上0.1秒的時間，也就是再快的世界，我們也要0.1秒才能夠辨識出來。

活在這個已經發展到直播的年代，就連我們最相信的視覺記憶，也離絕對的真實與準確有著0.1秒的差距。那麼，與其追求更快的速度與效率，不如好好地慢下來，如同涅普斯在窗前來回走動、等待八小時的曝光那般，抱持著希望和期待。

八個小時後，照片終於顯影的瞬間，我想那也是這個世代千分之一秒就能完成一張照片的我們，所無法理解的感動。請記得，任何深刻的事物都需要等待。

174

一個人走紅地毯

夢裡我結了一場只有一個人的婚，整場婚禮只有我一個新人。原本應該有另一個人在的，但不知道發生什麼事，那個人遲遲沒有現身。

我問了身旁的人，既然沒有人要跟我結婚，那我可以取消婚禮嗎？他說不行，人是群體動物，我們要讓大家知道自己很幸福，被別人看見的幸福才算是真的幸福。我說，可是我不幸福啊；他撇了撇嘴，說賓客都已經在外面等了。

我硬著頭皮穿上西裝，其實心裡是不想穿的，只想裹著大棉被遮住身上的贅肉，為什麼今天明明是我的重要日子，卻還要符合這些不明所以的儀式感呢。因為人是群體動物，他再複述一遍。「而且怕被別人看見你的不完美，代表其實你還是在乎別人的眼光的。」我在心裡反駁自己。

「你要上一點遮瑕嗎？母親若是看到你的皮膚還是過敏，她會擔心的。」我右手接過他遞來的遮瑕膏，發現根本太白了，色號整整差了一階。我將過白的粉直接撲在泛紅的皮膚上，形成一種詭異的粉白色，就像今天的一切那樣不合時宜。

我走在紅毯上時，看見一些我愛過的人，不管他們有沒有愛過我、最後是什麼都沒有了。決定去愛人終究是自己的事，我很開心讓他們看見我也可以自己完成生命裡的大事，包括結自己的婚。我覺得這次我贏了，他們應該沒有想到我會出這招吧，我的思想應該是在場中最前衛的。儘管根本沒有人在跟我比較，但潛意識裡，這個社會教給我們的，就是要與人競爭，生命是一場競賽，競爭力競爭力，從小聽到大的，你忘了嗎？

我看見父親也在觀眾席，原本他應該要陪我一起走的，但因為我不確定我代表的是哪一方，便和他說沒關係、我自己走就好了。

母親站在父親旁邊，他們看著我的眼神還是一樣慈祥，母親身後有許多眾人的聲音，好像有些謾罵和批評，但是我聽不清楚，母親把那些聲音擋下了。她流著眼淚，但還是微笑的看著我，母親的愛並不是沒有代價的，只是她甘願付上那樣的代價。我希望她快樂，但她總說她是真的快樂，我便都沒有再追問下去。

我的婚禮是沒有背景音樂的，我說、那是因為我不希望來賓是因為背景音樂觸動了一些情緒而感動或甚至想哭。覺得無聊也罷，反正這是我的里程碑，真正在乎的人也不會因為形式而變得在乎或不在乎。

我在零落的掌聲裡完成了我一個人的婚禮，幾十分鐘裡，偶爾我感到自豪，偶爾我感到孤單和遺憾。

婚禮後有些賓客前來祝福我，說希望能沾點喜氣，他們和我說他們是從哪裡知道我的，我說抱歉、我真的不記得了。我的愛很有限，我只能在乎我所在乎的人。他們自討沒趣地摸摸鼻子走了，我發現大多時候自己和他們一樣，付出是為了得到回報，已經很久不敢單純地喜歡一件事或是喜歡一個人，怕會因為收不到回應而失望。

「還是會寂寞嗎？」他陪我走回家的時候問了我，脫下婚宴服裝，我們又變回一般的路人。「會吧，雖然我早就知道這條路是要自己走的，但忍不住還是會希望有人能找到我。」「但是誰不寂寞，大家都有自己的無奈和苦衷，只能想辦法在自己的世界裡平衡。」我點了點頭，他便往路的另一頭走去。我看著他離去的背影，想叫住他再問幾個問題，但他終究走得太快了。

我在下雨的清晨醒來，拍了拍枕頭上的汗水，時間又日復一日地過下去。

還想浪費一次的風景　　　**輯四** ───────
　　　　　　　　　　　　記憶顯影

我希望你永遠是個幸運的人。

我希望你不用發現電視與現實有落差，生活其實沒有漂亮的濾鏡，也沒辦法決定不演了就放下劇本和台詞。墜落就是墜落、離開就是離開，我希望永遠有人等你。

我希望你不用明白為什麼人們要上街，不用知道什麼是資本家和既得利益者，也不用發現「懂得笑就不會恨了」其實有矛盾的地方。我希望你的字典裡沒有不得已，也不用理解為什麼對話需要勇氣、權利需要爭取，愛是一件得來不易的事。

我希望你的世界永遠有陽光，永遠懂得在最適當的時間轉身，看不見裂痕。

我也很好奇，你若夠幸運，為什麼要平凡？

182

還想浪費一次的風景　　**輯四** ───────
記憶顯影

你往風裡去

1.

原來想起你是這樣的，我們一起吹了一顆很大的泡泡，然後再一起把它弄破。後來，來了一陣風，經過時就把你帶走。

2.

有個場景是我們一起站在草地上，你對我說把鞋子脫掉吧，別弄髒了。一轉眼卻發現你不見了，我也不知道該從哪個方向找起。許多時候我說了晚安，你也說了晚安，互道晚安好像是一種結束，接著就沒有然後了。

3.

夢裡有個人抱著我，我不確定那個人是不是你，他離開的時候我大聲說了再見，後來才發現那應該是說給你聽的。一直沒有機會好好跟你道別。

4.

因為看見了愛的遼闊，便能體諒你的不告而別。比起悲傷，我寧願慶祝，慶祝我們曾經成為彼此重要的人。偶爾還是會夢到你，夢裡總是有草原和汪洋，遠遠地看見你正要回家。

「我不希望人們覺得需要『勇敢』去展現自己的身體，當然女生為何除毛，背後有很多原因，歷史上的、性別上的，我也曾經想得很多，但現在它就只是我的一部分，這就是我覺得舒服、自在的方式。」她說她想要畫幾張自畫像，問我能不能幫她拍些照片。

她的父母來自印度，在她小時候全家移民到倫敦生活，直到大學才來加州讀書。「成長的過程中，我時常覺得身體並不是自己的，尤其我的原生文化，對於身體自主權、女權是相對保守許多的。」一邊聽她分享著自己小時候如何在群體與個體之中尋求平衡，我一邊想起了幾位畫家。

庫爾貝（Gustave Courbet）是法國現實主義最有影響力的畫家之一，當時現代主義藝術才正開始萌芽，藝術學院和上流社會仍然認為正統的藝術應為美善的、高尚的；毛髮代表了情慾，女性為男性情慾的對象，因此，女性的身體應為純潔、無暇的。庫爾貝在一八六六年繪製了一幅《世界起源》（The Origin of the World），坦率不羈的繪製了女性的身體毛髮，用另一種角度描繪了未經修飾、去理想化的真實。

在紐約的性博物館看了一位阿根廷超寫實主義畫家萊昂諾爾·菲尼（Leonor Fini），在西洋藝術史觀中，女性常常被以繆思的形象描繪，成為男性藝術家的靈感來源。萊昂諾爾·菲尼主動拒絕了這樣的傳統，並創作了一系列女性主導的角色，男性則是顯現了陰柔、敏感、細緻的一面。幾張畫都是裸身的男性側躺在床上，女性則坐著或站著。從蜿蜒的背脊線條往上看，連接著的並不是柔弱的女性臉龐，而是有稜角的男子模樣。赤裸的男體象徵了女性慾望的探索，反轉了當時人們對於性別的想像。

儘管這樣微小反動的例子並不少見，但實際生活裡的結構也不是那麼容易撼動；彼此的社會角色沒有那麼容易理解，不論是一昧地強調個體或是用群體概括，都忽略了背後脈絡的存在。

184

「直到搬來加州之後，我才明白，那樣的自在是人們並不干涉妳的選擇。我不覺得一定要或不要除毛，就是互相尊重吧，或許是時候決定自己想要的生活方式了。」她穿著無袖的上衣，暖冬的陽光從她的頭頂撒下。

經過的路都像是在倒退

漫長的公路旅行，有些事情被說開了，有些尚未。坐在副駕駛的座位，一眼就能瞥見一路開過來的路途，以我們的車速，最遠可以看見三十秒前的場景，再遠的話，筆直的路就會消失在後視鏡的深處。

坐在副駕駛座，一旁粉橘色的雲反射著海的淡藍。你說天色暗了，下次再帶我去看燈塔。我問，如果沒有下次了呢？

你想了想，趕緊把手機上的地圖點開，指了指沿岸的一個紅點，和我說，如果沒辦法再一起來的話，記得一定要自己來看看。

以為看不到盡頭的公路晃呀晃就抵達了終點，無際的海其實也有岸。已經習慣了告別，也懂得不要頻頻回望，但仍然記得每個離開的人。我盯著後視鏡，有幾個瞬間想要請你開慢點，但我明白了，只要我們仍在前進，一起經過的路都像是在後退，終究還是得消失。

186

還想浪費一次的風景 | **輯四** ————
記憶顯影

而我只能寫信

給你，

如果說大部分的學問是要找到一種普世性，從巨觀的視角往下看，例如宇宙運行的方法、人類共生的準則，那麼，創作應該就是要找到一些和世界運轉邏輯不太一樣的東西，在看似侷限的生命裡走出一條路，通往另一個宇宙。

那個宇宙裡可能有上帝，也可能誰都沒有，只有你自己。活著就是一種抵抗，在過度強調集體記憶的世代中，仍然堅持著細微的個人性。我們都在恆常的消逝裡活下來了，所以如果還相信一些事情，請不要遺忘。感知是我們生而為人最珍貴的禮物。

我想起現代主義的夢想和失落，以及摯愛的你所批評的工具理性。大多時候，當我的年紀和閱歷還沒辦法承擔更大的命題，我就只能寫信：寫一種理解，寫另一種觀看視角，寫令我困惑卻也深愛的世界。

如果真有個更深邃的世界，那麼我們可以一起去，不論多遠，我都會認出你。我沒見過永恆，但如果你相信有來生，我願意相信你。

2019.7

190

親愛的，

我仍呼喚你親愛的，只是我不想因為一個不好的結束就認定這整趟一起走的旅程都是壞的。

我的人生到目前為止都還在搞懂愛這一回事，或許根本沒有所謂的答案，這樣的追尋才更顯得珍貴。我竭盡全力地理解你生命的脈絡，但請你原諒我的愛很有限，同時我也會原諒我自己。總會想起小時候被母親教導的——「人的感受比事物重要」，其實，我還有好多想辯解的地方、還有許多想為自己抱不平的地方；但是，我知道你也受傷了，便願意暫時放下自己的立場，讓你知道我也體諒你的感受。

我並沒有放棄溝通，因為一生的對話並不是一場競賽，不會因為拿到了話語權就等於贏了；也不會因為強加了價值觀給對方，就再也不用面對自己的矛盾。最終還是要回到自己的生命裡，我們所認為的真理最多也只在自己的世界裡發生。

比說服更難的是理解，不再嘗試擁有一樣的觀點，而是能夠體諒彼此的差異，在差異之外，擔著各自的難關、挨著苦難，學習彼此相愛。世界有世界的說法，但你仍可以保有你的選擇，這是我們生而為人的價值體現。

在很多段無疾而終的關係裡，了解到兩個人沒有辦法選擇愛誰，更沒辦法選擇被誰愛，因為愛和努力無關。每次當我決定去愛、去受傷、去看清自己的脆弱和嚮往，就是最接近圓滿的時刻。我想你一定有你的難關和苦衷，如果我傷害到你我很抱歉，那不是我的原意。在平衡自己的世界時，難免和他人的世界發生擦撞，請你體諒我是這麼平凡的人，會不小心傷害到在乎我的人。

送你一段三毛說的話：「在有限的時空裡，過無限廣大的日子。」很開心我們在年輕的時候能有這些困惑，我認為生命的廣大便是來自於不斷地提問，並在當中看見更多的樣貌和活著的其他可能。

其實沿途的相遇並不難得，繁花會繼續盛開；不知道你記不記得那朵玫瑰花，是因為小王子的給予和與玫瑰花一起浪費的時間，才讓它在遼闊的花海中顯得特別。我在乎你，所以還在衡量能夠擁抱你、並且不傷害到自己的距離。

我想，那些被刺破的、凹陷的地方會讓我們長出更強大的心臟，不是害怕受傷，而是想要持續柔軟待人。

我並不覺得所有的傷害都能夠被原諒，因此，想要再給彼此一些時間。這些日子我很不好受，但我想你一定和我一樣難過。每一條路一定都有個終點，但我希望這只是個路口、不是盡頭。

有時候我也覺得好累，但我想我能做的，便是讓你知道如果你也累了，我並沒有走遠。

2019.12

192

跳一首名為我之舞

沒有靈感的時候，我會跳舞。

說是跳舞，其實也不過是跟著空氣與聲音的流動，扭動身體。跳舞的時候，我覺得我的心靈與身體是交織在一起的。我沒有學過舞蹈，也並不熟悉這門藝術，但是我並不想被形式制約，因此，特別不去想舞蹈裡什麼應該、什麼不應該。

藝術和美感談一切從感官出發的事物，我們用耳朵聽音樂、用眼睛觀看畫作、用心感受文學；歸因我自己長久以來對於身體的自卑，讓我忘記身體是一個感知世界最直覺的容器。閉上眼睛的時候，便可以驅動最原始的感知能力。

或許舞蹈曾經作為一種社交、一種祭祀或禮儀，但對我來說，我只是想把自己身體的感受能力拿回來。我們的生命裡有兩個時刻是最靠近自己的，那便是出生時和即將死亡時。出生時我們還沒有接受過任何意識形態的灌輸，想笑就笑、想哭就哭；即將死亡時，則是因為是生命中最脆弱的時刻，生理與心理次元能夠回到一種最原始的狀態，用「我」去感受生命與時間的消逝。

創作裡頭最純粹的，便是找到並靠近那樣的狀態。

文明開始發展之後，人類建造了一個又一個框框，不論是物理上或是心理上的，這些框框是一棟棟建築與城市，也是一條條無形的共識與規則。為了共同生活，我們嘗試把自己關進房子裡、服從於某些集體制約，誤以為我們是自由的，但早已被一種內在審查捆綁住了。

偶爾我會嘗試光著腳走路，感受土地的呼吸；偶爾我會嘗試打開感官，感受更細微的情感流動；更多的時候，我會嘗試關掉靠近社會的那雙耳朵，聆聽自己的聲音，寧願錯過一些可能的風景，也不要辜負了身而為我珍貴的可能與獨特的靈光。

194

195

$\dfrac{12}{17}$　捧著熱熱的心臟

從紐約回來，室友已經離開去西雅圖，這幾天加州在下雨，一個人待在房間裡，竟然有種回到家的錯覺。掛上電話的時候天已經要亮了，好喜歡這樣遠遠地說了好多好多話。很多事情變了好像也沒變，每每更接近世界一點，就更清楚生而為人的複雜性是很難被歸納和劃分的。

對我來說，紐約的目不暇給來自於人的多樣、收納著迥異的價值觀和生活方式。後來才逐漸明白其實沿路的真摯並不稀有，世界太大了，總會有下次心動。

我和她說，在紐約時有一種深刻的感受，理論和書本頂多只能幫助我們釐清一部分的樣貌，但那並不是全世界。知識和憤怒應該拿來對準體制、或更大的社會結構，而不是拿來對準他人，因為他人生命裡發生的苦難我們永遠無法體會。她在電話那頭說起似曾相識的生活，我想起那些曾經一起特別親密的時光，忍不住眼眶泛紅。

還要給自己一點時間去明白有相遇就有分離，生活有快樂的時候，也會有孤單的時候。

我想起她總是走在前頭披荊斬棘，而我會帶著好多困惑走在後頭，她總向我說不要怕，擔不起世界沒關係，擔得起自己就好。在矛盾的常態裡，看見自己想要活著的樣貌，明白再卑微的生活都有選擇的可能。一邊整頓著自己的微觀生活，一邊看著更巨觀的時間和社會的更迭。

偶爾失望、偶爾嚮往。知道大大的世界會不停改變，同時也知道小小的我們仍能執著地暫停和前進；也就是看見了世界的寬闊，才知道現在還不是時候失望、現在還不是時候冷漠。還是要捧著熱熱的心臟啊，儘管分開時還是會難過。

還想浪費一次的風景　　　**輯四** ───────
　　　　　　　　　　　　　　記憶顯影

想起那段炙熱的時光，有金黃色的稻穗和透明的風。還不懂得什麼是悲傷，所以連眼淚都是乾淨的。很勇敢地哭，如同曾經勇敢地不哭。

奮不顧身向前跑的時候，相信當下的感覺就是快樂，現在是、以後也都會是。

勇敢地哭與不哭之間

還想浪費一次的風景　│　**輯四** ─────
　　　　　　　　　　　　記憶顯影

夢裡我回到島上,濕褥的島嶼氣候席捲而來,深藍色的床單還黏著汗漬,那股總是存在的善意突然離我好遙遠。

幽微的光灑在你的肩上,窗外的文明高樓正在建造,擋不住的施工噪音,穿過氣密窗後剩下隱約的聲響,像蚊蚋的呢喃。世界那麼空曠,有時候我會覺得活著是好寂寞的事;但當我們看進彼此眼睛,讓對方知道儘管我們身上有些傷口、但我們都還沒放棄的時候,生活就會多一些溫柔。

孤獨的眼睛讓我們看得更清楚,此刻突然覺得不會有更多的溫暖了。世界上悲傷的人太多,美好卻只有一點點。

你只能醒來,去確認世界還不是好的。不要再期待有和煦的光,也不要去期待英雄降臨。就算明白生活可能不會更好,但你仍然能傾斜自己,去穿越生活的縫隙。你知道嗎,就算前方是一片黑暗,我還是相信仍有星星尚未亮過。

無法被複製的記號

柏克萊（Berkeley）是我所在的大學城，而我就住在它的南邊。真正的舊金山離我們有些距離，要過海灣大橋到舊金山灣的另一邊。 過橋的方式有很多種，我大多使用免費的巴士，三十分鐘來一班的F巴士。

F巴士從柏克萊一路往下開，沿途會經過皮克斯總部位於的愛莫利維爾（Emeryville），尚未抵達東灣最大的城市奧克蘭（Oakland）之前就會轉上海灣大橋，終點在舊金山碼頭邊的一個轉運站。大約一個小時的車程，車上混雜著乘客散發出的各式氣味以及海風淡淡的鹹味，我總是習慣坐在左側靠窗的位置，幸運的話，若是司機剛好開在外側車道，望向窗外，就可以看見淡金色的舊金山灣海面。

搭過幾次後，我便能熟稔地點出在哪個路口的紅燈要等特別久，過了哪條街之後會在右側看見司機休息站，大部分的公車司機都在那抽菸休息。

我想起在一門藝術課所做的裝置和錄像作品。我列出了幾個我居住過的城鎮，將它們的地圖轉印到水彩紙上，在上面用筆做了大大小小的記號，包括上學公車的路徑、住過的幾個宿舍，以及我和家人常去吃的火鍋店。在畫記的過程裡，我能夠清楚地憶起曾經在那些場景裡發生的一切，甚至能感覺到場景裡的溫度和氣味。

畫記完後，我將它們掛在衣架上，並用水將它們噴濕、曬乾、噴濕、曬乾，如此循環。最終的作品就掛在三個並排的衣架上，觀者能在已經皺褶的紙上看見多次曬乾後留下的水痕，以及不再那麼清晰的畫記。

202

最初是想模仿相比舊金山的晴朗和乾燥、這些城鎮總是潮濕的天氣，而後在創作的過程裡，好像也再一次地經歷那些因著時間時而模糊、時而清晰的場景，而被時間曝曬過的痕跡，也被低調地記錄在這些物件之上。

「我喜歡作品具象了記憶的模糊感，也讓我想起小時候一張張畫滿記號的地圖，」一個主修雕塑的同學在評鑑作品的時候說，「現在我都習慣開啟Google Map上的時間軸，便會自動記錄所有去過的地方和路徑。」

或許在每個人的心中，都有那一張張的地圖，上頭記錄了喜愛的地點和偏好的路線，依附著記憶的點線面，像是一個沒有人能精確複製或拷貝的迷宮。就算經過了時間的汰換和轉檔，仍然在某天能夠清楚感受到我們離這些記號是如此地靠近。

只有我們的存在能賦予那些記號意義。那些記憶需要我們，我們也需要那些記憶。

203

堅
定
的
遠
方

最遠的遠方，即是已然消逝的那一秒。

為了抵抗時間的侵蝕，我們開始拍照，按下快門的瞬間，景框裡的三度空間被轉存至晶片中。記憶卡裡鎖著的無數時間片段，記錄這是時間軸哪一刻發生的場景，細至分秒。

有時我們會記得記憶的敘事，卻忘了記憶的感受；有時我們記得感受，卻忘記了事情發生的先後順序。此時，液態的時間就會穿越時空，即時地顯影在電腦螢幕上，恍惚的記憶便會一幕一幕在眼前重新上演。

這一次我們只是個觀賞的人，而非參與的人。回到已然結束的場景並不能改變什麼，但每一次的重返，都代表了再一次的機會觀察曾經忽略的物事。

每一幀影像，都是最堅定的遠方；有了這些線索存在過的鐵證，我們因而決定要更細緻地活。

還想浪費一次的風景 ┃ **輯四** ────
　　　　　　　　　　　記憶顯影

即將離開加州的最後幾天，終於和室友去了阿爾卡特拉斯島（Alcatraz Island，又稱惡魔島）；惡魔島曾經是舊金山著名的軍事要塞，上頭的監獄建地專門關押重刑犯。一九七〇年代本土主義浪潮興起，監獄停用後被佔領了一年多的時間，後來本土主義者撤退後便成為了北加州著名的觀光景點。

前往惡魔島要搭乘舊金山漁人碼頭旁的33號碼頭渡船，儘管加州到處都是海，上一次在加州搭船卻是一年前剛抵達舊金山時。

站在船的尾端，看著船航行過的瞬間水面會被劃開，形成一道淺淺的疤痕，白色泡泡躁動地在船邊輪廓的兩側聚合又離散。再更遠處，海面又恢復了平靜，我想起了飛機在離開的時候，也會在天空留下一道淡淡的軌跡，偶爾往天空看的時候，還可以看見雲彩被劃開的樣子。

儘管人們來了又走，天和海仍然處於無損的狀態，船過水無痕，來時的路和即將前往的未知旅程，只有自己知道。

「再過去就是太平洋的另一端了。」我們看著無際的海洋，很難相信，再過幾天我們就會在海的不同邊了。看見了海的開闊，說是看海，不如說是用海的目光看見自己，看見自己的短視和狹隘。

大概就是這樣吧，看見了一個更大的世界，便同時也看見自己的渺小與卑微。這一趟漫長的旅行並沒有讓我變得偉大，但的確帶上了許多衝擊和眼光。過幾天後就要抵達海的另一邊了，是一種離開也是一種歸來。

海風吹著我們的臉龐，腦海中的思緒像被吹亂的頭髮，還有好多話想說，但這一刻，突然覺得不必把話都說完。好像再大的災難我都不怕了，因為知道人生其實還有無限種可能。記得自己每個階段的模樣，便能更勇敢地去抵達。

遠方的海面一閃一閃地，我彷彿能看見，很久以後，我們再一起看海的模樣。

Dear Kubas,

Isn't it crazy that we've been living together for almost a year? I'm still dealing with the fact that every journey eventually comes to an end.

We are at Malibu right now, you're lying next to me as I'm writing this letter to you. The sun is so bright that I can barely open my eyes, lots and lots of memories just run through my mind.

Coming from totally different cultural backgrounds, it was sometimes hard for us to relate to one another. There're definitely times that I have felt insecure about myself while acknowledging that you have the capital and means to choose on the relationships and other parts of your life.

I'm sad that we couldn't make it to the California poppies field together, so I came up with this drawing for you. The rainbow in the background represents our shared identity, and the Cali poppies represent forgiveness and hopefulness. Even though we're really different both inside and outside, we can still be close friends, just like we could lay down together on the poppies field.

I always remember a children's book called "Frog and Toad" I read in my childhood, and there's one page where it says, while they are holding a string together, and "friends can be different." Yeah, friends can be different.

My hope is that we'll be able to turn back time, to those precious moments when we were drinking together at Vegas, lining up at Disneyland, or just the nights that we were sitting on our beds and talking about our days. That way, I would never have to get to the part that we have to say goodbye.

I can't imagine that in a few days, we won't be able to ask each other, "what's your plan today", and I won't be able to say "Okie, I'll see you tonight." But somewhere between then and now, here and there, I believe that we both have learned and grown up a lot as a person. Meeting you has definitely been one of the best memories I have had here in California.

Please take care of yourself, beloved, and thank you so much. I'll always miss you, and I'll see you in the future.

Love,

Jessy Tsai.

208

還想浪費一次的風景

作　　者｜蔡傑曦 Jessy Tsai
發 行 人｜林隆奮 Frank Lin
社　　長｜蘇國林 Green Su

出版團隊
總 編 輯｜葉怡慧 Carol Yeh
企劃編輯｜鄭世佳 Josephine Cheng
責任行銷｜陳奕心 Yihsin Chen
封面裝幀｜木木 Lin
版面設計｜木木 Lin
內頁排版｜譚思敏 Emma Tan

行銷統籌
業務處長｜吳宗庭 Tim Wu
業務主任｜蘇倍生 Benson Su
業務專員｜鍾依娟 Irina Chung
業務秘書｜陳曉琪 Angel Chen
　　　　　莊皓雯 Gia Chuang
行銷主任｜朱韻淑 Vina Ju

發行公司｜精誠資訊股份有限公司　悅知文化
　　　　　105台北市松山區復興北路99號12樓
訂購專線｜(02) 2719-8811
訂購傳真｜(02) 2719-7980
專屬網址｜http://www.delightpress.com.tw
悅知客服｜cs@delightpress.com.tw
ISBN：978-986-510-052-0
建議售價｜新台幣380元
初版一刷｜2020年03月
　　二刷｜2020年03月

國家圖書館出版品預行編目資料

還想浪費一次的風景/ 蔡傑曦著. -- 初版. -- 臺北市：精誠資訊, 2020.02
　面； 公分
ISBN 978-986-510-052-0 (平裝)

863.55　　　　　　　　　　　　　109000169

建議分類｜華文創作、攝影散文

讀 者 回 函

《還想浪費一次的風景》

感謝您購買本書。為提供更好的服務，請撥冗回答下列問題，以做為我們日後改善的依據。
請將回函寄回台北市復興北路99號12樓（免貼郵票），悅知文化感謝您的支持與愛護！

姓名：＿＿＿＿＿＿＿＿＿　性別：□男　□女　年齡：＿＿＿＿歲

聯絡電話：(日) ＿＿＿＿＿＿＿　(夜) ＿＿＿＿＿＿＿

Email：＿＿＿＿＿＿＿＿＿＿＿＿＿＿＿＿＿＿＿＿＿＿＿＿

通訊地址：□□□-□□ ＿＿＿＿＿＿＿＿＿＿＿＿＿＿＿＿＿＿

學歷：□國中以下 □高中 □專科 □大學 □研究所 □研究所以上

職稱：□學生 □家管 □自由工作者 □一般職員 □中高階主管 □經營者 □其他 ＿＿＿＿＿

平均每月購買幾本書：□4本以下 □4~10本 □10本~20本 □20本以上

● 您喜歡的閱讀類別？(可複選)

　　□文學小說 □心靈勵志 □行銷商管 □藝術設計 □生活風格 □旅遊 □食譜 □其他 ＿＿＿＿

● 請問您如何獲得閱讀資訊？(可複選)

　　□悅知官網、社群、電子報 □書店文宣 □他人介紹 □團購管道

　　媒體：□網路 □報紙 □雜誌 □廣播 □電視 □其他 ＿＿＿＿＿＿＿＿

● 請問您在何處購買本書？

　　實體書店：□誠品 □金石堂 □紀伊國屋 □其他 ＿＿＿＿＿＿＿＿

　　網路書店：□博客來 □金石堂 □誠品 □**PCHome** □讀冊 □其他 ＿＿＿＿＿

● 購買本書的主要原因是？(單選)

　　□工作或生活所需 □主題吸引 □親友推薦 □書封精美 □喜歡悅知 □喜歡作者 □行銷活動

　　□有折扣 ＿＿＿ 折 □媒體推薦 ＿＿＿＿＿＿＿＿＿＿＿＿

● 您覺得本書的品質及內容如何？

　　內容：□很好 □普通 □待加強 原因：＿＿＿＿＿＿＿＿＿＿＿＿

　　印刷：□很好 □普通 □待加強 原因：＿＿＿＿＿＿＿＿＿＿＿＿

　　價格：□偏高 □普通 □偏低 原因：＿＿＿＿＿＿＿＿＿＿＿＿

● 請問您認識悅知文化嗎？(可複選)

　　□第一次接觸 □購買過悅知其他書籍 □已加入悅知網站會員www.delightpress.com.tw □有訂閱悅知電子報

● 請問您是否瀏覽過悅知文化網站？　□是　□否

● 您願意收到我們發送的電子報，以得到更多書訊及優惠嗎？　□願意　□不願意

● 請問您對本書的綜合建議：＿＿＿＿＿＿＿＿＿＿＿＿＿＿＿＿＿＿

● 希望我們出版什麼類型的書：＿＿＿＿＿＿＿＿＿＿＿＿＿＿＿＿＿

精誠公司悅知文化　收

105 台北市復興北路99號12樓

（　請沿此虛線對折寄回　）

《還想浪費一次的風景》

以快門作為擁抱，我們一起抵達了比永遠更遠的他方

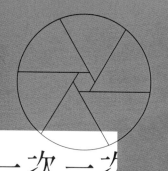

還想浪費一次一次的風景

Back to the
scenery
once more

Jissy Tsai.

蔡傑曦 ——→ 著

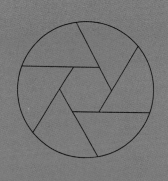

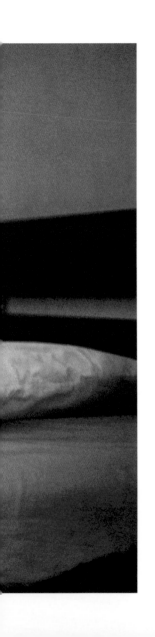

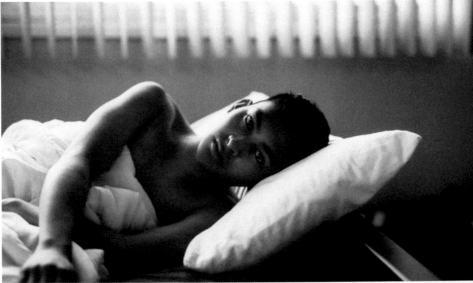

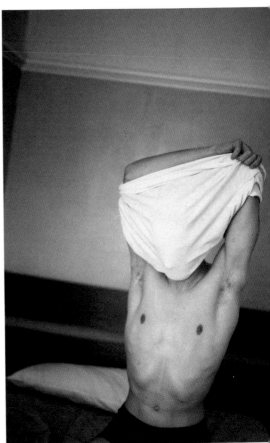

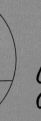

攝影輯

此曾在

蔡傑曦

You were here

03

「攝影不追念往昔。攝影對我的影響並非在於恢復時間或距離的已撤銷者，而是證實我看見的的確存在。」
——————羅蘭巴特《明室》

我時常在想，要怎麼證明人們曾經拜訪我的生命呢？這些被鏡頭記錄下私密而珍貴的時刻，對我來說有兩個層面的「此曾在」。第一層是我們都曾經在這樣的年紀裡，得以接納與享受這些時光；第二層則是你們、和我，同在一個時空裡，就在這裡。

就算我們要離開，並且我們會離開，這些經由成像、存取、轉傳、編修、印刷而成的薄薄的紙張，便是我們恍惚而清晰的存在證明。原來當我看向這些照片、感到時間的重疊，是因為一個維度裡，我在凝視的是那個時刻的你；在另一個維度裡，我看著的是即將離開的你（過去未來式），和已經離開的你（絕對過去式）。